टुकड़ों-टुकड़ों में औरत

टुकड़ों-टुकड़ों में औरत

ममता महरोत्रा

प्रभात प्रकाशन, दिल्ली
ISO 9001:2008 प्रकाशक

प्रकाशक • **प्रभात प्रकाशन**
4/19 आसफ अली रोड,
नई दिल्ली–110002

संस्करण • प्रथम, 2014
मूल्य • एक सौ पचास रुपए
मुद्रक • भानु प्रिंटर्स, दिल्ली

TUKDON-TUKDON MEIN AURAT
stories by Mamta Mahrotra Rs. 150.00
Published by Prabhat Prakashan, 4/19 Asaf Ali Road, New Delhi-2
e-mail: prabhatbooks@gmail.com ISBN 978-93-5048-773-0

माँ के साथ-साथ
भारत की हर उस नारी
को समर्पित, जो अपने
अस्तित्व की लड़ाई लड़ रही है।

भूमिका

'टुकड़ों-टुकड़ों में औरत' की अधिकांश कहानियाँ महिलाओं के अस्तित्व की लड़ाई को दर्शाती हैं।

इसकी प्रथम कहानी, जिसका शीर्षक इस पुस्तक का शीर्षक है। 'साड़ी' के माध्यम से स्त्री की इज्जत को दर्शाता है और इस ओर इंगित करता है कि कैसे एक महिला हर स्तर पर प्रताड़ना और अवहेलना झेल रही है। अगर वह सम्मान से आगे बढ़ना चाहती है तो समाज में बैठे पुरुष हर स्तर पर उसका शोषण करने के लिए तत्पर बैठे हैं। न्यायालय में अकसर उसकी कोई खासी मदद नहीं कर पाता और वह अपनी लड़ाई में सर्वत्र अकेली पड़ जाती है।

अक्स—हमारे अंदर कहीं छुपा हुआ हमारा ही कमजोर शोषित अभिमान है, जो अपने को छोड़ सबमें बुराई ढूँढ़ता है। हम अपने को श्रेष्ठ प्रमाणित करने के लिए सदैव तैयार रहते हैं। अक्स के माध्यम से कामकाजी महिलाओं को जो ताने झेलने पड़ते हैं, उसको एक ताने-बाने में बुनने का प्रयास किया गया है।

सफर—जिंदगी के निम्न मध्यवर्ग का जीवन जीने की जद्दोजहद को इंगित करता है। एक व्यक्ति सिर्फ रोटी, कपड़ा और मकान के सफर में ही लगा रहता है और पारिपारिक संवेदनाएँ उससे छूटती जाती हैं।

गम—हमारे समाज में पुरुष का विवाह और दांपत्य के प्रति एक अच्छी सोच को इंगित करता है।

'तुम बिन' और 'रिश्ता' ऐसी कहानियाँ हैं, जो दर्शाती हैं कि आज भी किसी भी गलती पर महिला को ही दोषी ठहराया जाता है। पुरुष-स्त्री को सिर्फ भोग्या समझता है, इससे अधिक कुछ भी नहीं।

इस पुस्तक की समस्त कहानियाँ कहीं-न-कहीं हमारे अंदर की दोयम सोच एवं खोखले आदर्श मूल्यों को दर्शाने का प्रयास मात्र है। आशा है, पाठक कहीं-न-कहीं इस कहानियों से जुड़ पाएँगे और झंकृत हो पाएँगे।

—ममता महरोत्रा

अनुक्रम

भूमिका 7

1. टुकड़ों-टुकड़ों में औरत 11
2. अक्स 23
3. सफर 31
4. गम 44
5. नजराना 49
6. तुम बिन 54
7. रिश्ता 60
8. परम शांति 66
9. डिनरसेट 73
10. पुलिस आ गई 78
11. अपने-बेगाने 86
12. सलाम साक्षरता 92
13. चोरी 96
14. घूस 104

1

टुकड़ों-टुकड़ों में औरत

हवा तेजी से चल रही थी। वैसे भी हवाएँ तेजी से चलती हैं तो बवंडर आते हैं। दूर से ही रेगिस्तान में गुबार उठ रहे हैं। रह-रहकर वे तपती धरती को ढक जाते हैं और जब मौसम साफ होता तो एक धूल-मिश्रित खामोशी सब तरफ छिटक जाती। ऐसी ही एक शाम बसंती अपनी कुटिया के बाहर बैठी थी और खाली बरतनों को इधर-से-उधर घुमा रही थी। हवा में झोंकों और बरतनों की टनटनाहट का स्वर उस उदास शाम को एक संगीत का रूप दे रहा था। बसंती अपनी जगह से उठकर उस स्थान पर गई, जहाँ उसकी एकमात्र फटी-पुरानी साड़ी फैली हुई थी। हवा का तेज बहाव आने के पहले वह उसको समेटकर अंदर रख देना चाहती थी।

और ये क्या! पता नहीं कहाँ से हवा का एक तेज झोंका आया और उसका वस्त्र हवा के साथ उड़ता चला जा रहा था और वह उसके पीछे-पीछे भागी चली जा रही थी। वह भागकर साड़ी को पकड़ना चाहती थी और पकड़ भी लिया था, पर उसका पैर एक पत्थर पर पड़ा, वह गिरी और साड़ी का जो कोना उसके हाथ में था, वह छूट गया।

बदरंग सी साड़ी अपनी पूरी विद्रूपता से मुँह चिढ़ाते हुए हवा के झोंकों के साथ अनंत में विलीन हो गई।

वह काफी देर तक बैठकर अपनी विलोप होती साड़ी को देखती रही। शायद उसको साड़ी के उड़ जाने का इतना दुःख नहीं था। वह फटी-पुरानी साड़ी भला कौन सा तन ढक पाती थी। अच्छा हुआ उड़ गई। उसे नई साड़ी पहनने का नसीब प्राप्त होगा। कैसे प्राप्त होगा? इसी सोच में डूब गई। हवा अभी भी पूरे वेग से चल रही थी। उसका वेग थर्रा देनेवाला था। पर वह इन सबसे बेखबर अपनी ही चिंता में डूबी हुई थी। पीछे अभी भी खाली बरतन टनटना रहे थे। उसके बच्चे इन सबसे बेखबर अंदर सो रहे थे।

उसकी चिंता काली रात से भी अधिक स्याह थी। वह उसी आकंठ में डूबी काली स्याह रात के आगमन से बेखबर थी। खबर तो तब हुई, जब अंधकार पूर्णरूपेण अपना पैर धरा पर पसार चुका था। चारों तरफ स्तब्धता फैल चुकी थी। वह सोच-सोचकर हताशा के भँवर में फँस ही जाती, अगर दूर क्षितिज पर आशा की पहली किरण के आगमन का उसको एहसास न हुआ होता।

हाँ! उसने सुन रखा था कि दूर देश के पहाड़ों के उस पार बढ़िया और अच्छी साड़ियाँ बिकती हैं। शायद उसकी साड़ी भी वहीं कहीं उड़कर चली गई हो। वह उसको भी ढूँढ़ेगी और उस देश से नई साड़ियाँ भी खरीद ले आएगी। उसके जो अधनंगे बच्चे हैं, उनके तन को ढकने के लिए भी कपड़े मिलते हैं। ऐसा उसने सुन रखा था। भोर होने को थी। वह उनींदी आँखों से अपने बच्चों को देखकर दूर देश की पहाड़ियों की ओर चल पड़ी, जहाँ कई किस्म के सुंदर वस्त्र थे। इन रंगीन कल्पनाओं से तो उसने तत्काल अपने मन को सुख पहुँचाया, परंतु उसकी कल्पनाएँ साकार कैसे होंगी। कारण रुपयों का अभाव था।

अर्थाभाव का एहसास होते ही उसकी कल्पनाओं का महल क्षण

में ढह जाता था और वह निराश और उदास हो जाती थी। वह नदी-नाले को पार करती हुई एक शहर में आ गई।

यह शहर बहुत ही अजीब था। क्रमबद्ध तरीके से इमारतें खड़ी थीं। इमारतों की क्रमबद्धता कौतूहल और भय पैदा करती थीं। साफ-सुथरी चमचमाती सड़कें थीं, उसने ऐसी सड़कें अपने जीवन में कभी नहीं देखी थीं। उसके गाँव में तो सड़क का नामोनिशान भी न था और जो पगडंडी थी, वह भी वहाँ आते और जाते हुए भँवर के इशारों पर बनती और बिगड़ती रहती थी। वह सीधी चमकदार सड़क पर चलती गई। उसका मन भयाक्रांत था। ऐसे अनजान शहर में उसको दिशानिर्देश देनेवाला कोई नहीं था। एक इमारत से दो लोगों को निकलते देखकर उसने थोड़ी राहत की साँस ली। पर जो लोग बाहर निकले थे, वे तन पर वस्त्र ही नहीं डाले हुए थे। एक अजीब प्रकार की जालीदार पोशाक उन्होंने पहन रखी थी। उनके पास जाने से भी वह सिहर उठी। उन्हें देखकर उसे ऐसा प्रतीत हुआ, मानो सीमेंट की इमारतों में लोहे के लोग बसते हों। नहीं, उसने शायद एक मनुष्य की आँख में कुछ हलचल महसूस की थी। संभावित है कि शायद उसको देखकर एक आँख झपकी भी थी। शायद उस सूनी आँखों ने उसको पहचानने का प्रयास भी किया था। बसंती ने लाजवश अपने तन को फटे-पुराने कपड़ों से अपने को ढकने का प्रयास किया, पर—व्यर्थ। उन आँखों में संवेदनाएँ आकर वापस चली गईं। नहीं, जिन आँखों में संवेदनाएँ जागी थीं, वह तो स्त्री के ही नयन थे। हाँ! कुछ-कुछ स्त्री जैसी प्रतीत हो रही थी। तभी तो शायद उसका दिल बसंती के लिए धड़का होगा। पर बदलते वक्त ने शहर की औरत को भी बदल दिया था। उनके अंदर की संवेदनाओं और भावनाओं को पाषाण सदृश कर दिया था। खैर, ये सब गुजरे जमाने की बात थी। उस पर चिंतन व्यर्थ था। वैसे भी वह शहर भावनाएँ एकत्रित करने नहीं आई थी, उसकी तो समस्या कुछ और ही थी।

शहर में कहीं दुकानें न देखकर वह सोचने लगी—'बड़ा ही अजीब शहर है, यहाँ तो सारे बाजार में ही वस्त्र नहीं मिल रहे। फिर स्त्रियाँ अपना तन ढकती कैसे होंगी!' वह विस्मित सी खाली पड़े पूरे बाजार में घूमती रही। शहर का नयापन उसके मन में एक विस्मय भर रहा था। अनिश्चित सी वह घूमती रही। निरुद्देश्य वह भटकती रही। आगे बढ़ने पर उसने अपने विचारों को नियंत्रित किया और उद्देश्यों को चिह्नित। वह यहाँ व्यर्थ नहीं आई है। उसे भी कुछ करना है और ये विचार मन में आते ही नेत्रों में चमक लौट आई और चेहरे पर तेज। जब जीवन में कोई उद्देश्य आ जाता है, चाहे वह कितना भी छोटा हो तो इनसान दुगने उत्साह से जीवन को जीने लगता है। पर इस वीरानगी में जाए तो कहाँ जाए तभी आगे बढ़ने पर उसे एक जगह, एक इमारत बनती नजर आई। वहाँ कुछ हलचल थी। कुछ लोग भी नजर आ रहे थे। वह उसी तरफ बढ़ गई।

वाकई एक भवन बन रहा था। भवन क्या, मंदिर था। उसी का भूमि-पूजन हो रहा था। विशाल मंदिर की नींव रखी जा रही थी। औरतें भी इस पुनीत कार्य में जुटी हुई थीं। पर उसने गहन आश्चर्य से देखा कि औरतों के तन धूल और मिट्टी से सने हुए थे। दूर खड़ा एक चुस्त-दुरुस्त आदमी आँखों पर चश्मा पहने पारदर्शी वस्त्रों में ढका पूरे काम का मुआयना कर रहा था। हिम्मत बटोरकर वह आगे बढ़ी। अपनी राम-कहानी कहकर उसने काम की गुहार लगाई। उस व्यक्ति ने बसंती को ऊपर से नीचे तक सरसरी निगाहों से देखा और एक फीकी हँसी हँस दिया।

"कल से काम पर आ जाना।"

सूरज ढल चुका था। वह उसी मंदिर के अहाते में रात बिताने के विचार से ईंटों के ढेर के पास बैठ गई। उसके तन पर फटे-चिटे कपड़े थे। हवाओं के झोंके उसे बेपरदा कर देना चाहते थे। उरोजों को

एक झीनी पारदर्शी साड़ी का आवरण पहना वह निश्चिंत हो, निद्रा की गोद में सो गई। निद्रा के आगोश में थकान को उतारकर वह कल की मेहनत के लिए पूरी तरह तत्पर हो गई।

दूसरे दिन प्रातः मर्दों और औरतों की भीड़ का वह हिस्सा बन गई। उन्हीं औरतों के साथ वह भी काम करने लगी। जब मंदिर बनते काफी दिन बीत गए तो एक दिन उसने कॉन्ट्रेक्टर से अपने काम का हिसाब माँगा। कॉन्ट्रेक्टर ने शाम को आकर हिसाब चुकता कर देने का वचन दिया। शाम ढलते ही पैसे लेने के लिए वह कॉन्ट्रेक्टर साहब के बँगले पर पहुँच गई। आज उसके उद्देश्य की पूर्ति का पुनीत दिन था। उसकी खुशी का पारावार न रहा।

संयोग से कॉन्ट्रेक्टर साहब उसकी मजदूरी का हिसाब निकाल रहे थे। हिसाब में तो उसको मजबूत होना ही चाहिए था।

"क्या हुआ साहब?" जब इस औरत से रहा न गया तो थोड़ा सहमकर बोली।

"समझ में नहीं आ रहा कि तुम्हारा हिसाब कहाँ गड़बड़ा रहा है। पर बात यह भी है कि मंदिर निर्माण हेतु तुम्हें भी दान करना होगा।" कॉन्ट्रेक्टर काफी देर सोचता रहा। उसके चेहरे के भावों को पढ़ पाना आसान न था।

बसंती को एक झटका लगा। 'वह और दान···' पहले तो वह विस्मित हो ठेकेदार को देखती रही। उसे लगा कि ठेकेदार उसकी गरीबी देख उसका मजाक उड़ा रहे हैं। फिर वह जोर-जोर से हँसने लगी। उसकी हँसी थमने का नाम ही न ले रही थी। ऐसा उसके जीवन में कभी नहीं हुआ था, जब उस गरीब से किसी ने दान माँगा हो। पर जब थमी तो भी ठेकेदार साहब के चेहरे पर दृढ़ता और स्पष्टता का भाव था और आँखों में एक खोज। उसको आर-पार देख सकने की जीत। उस पर एक पूर्ण एकाधिकार और वह काँप उठी। हँसी भी ठहर

गई और जोश थम गया। और वह एक कोने में बैठकर गहन सोच में डूब गई। वह हार गई थी···। पर हारकर उसकी समझ में यह बात आ गई कि मंदिर में लगी औरतें क्यों धूल से अपने तनों को ढके कार्य में लिप्त थीं। ये उनका मंदिर निर्माण के कार्य में छोटा सा मूल्य था, फिर पेट की आग के आगे एक छोटी सी भेंट···

उसे भी तो गाँव वापस जाना है और जल्दी···

इसी विचार-विमर्श के बीच एक काले भुजंग व्यक्ति के कमरे में प्रवेश किया। उसके शरीर का रंग उस काली रात के रंग से भी ज्यादा स्याह था। अगर उसकी आँखों में एक अजीब सी लाल चमक न होती तो उसको परिवेश से अलग कर पाना असंभव था। उस कृत्रिम चमक ने उसको एक चेहरा दिया था, क्योंकि उसका शरीर तो नग्न था। हमाम में सब नंगे ही थे।

बसंती को बातचीत के क्रम में पता चला कि यह व्यक्ति इस इलाके का बड़ा नेता है और इसी की देखरेख में यहाँ पर काम हो रहा है। मंदिर के नाम पर ये वोट का अपना प्रयोजन सिद्ध कर रहा है। उसने संयत स्वर में पूछा, "इस मंदिर की नींव डालने में कितने शरीरों का प्रयोग हुआ है?" ठेकेदार अदब से बोला कि निर्माण-कार्य में जितनी ईंटें लगीं, उतने ही इनसान। इसलिए मंदिर अब सिद्ध बनेगा, क्योंकि इनसानों ने नीचे बिछकर जगह को जाग्रत् कर दिया है।

उसके वचन सुन नेता टाइप आदमी स्वाभाविक रूप से हँसा। पहली बार इस औरत ने इस शहर में किसी के ओंठों पर हँसी देखी थी। नहीं तो बेजान आदमियों को देख-देखकर वह भी शून्य में प्रवेश कर रही थी। उसके अंदर की भावना मर रही थी।

अब बातों का केंद्रबिंदु मंदिर-निर्माण न होकर उस औरत के निर्वाण पर आकर टिक गया। नेता तो नेता होता है। उसके पास तो हर समस्या का हल है···क्यों? शायद सबसे बड़ी समस्या तो वह स्वयं

ही होता है। पर कुछ भी हो, नेता तो नेता होता है, इसीलिए आम और अवाम ने सोच का सर्वथा त्याग कर दिया है। क्या फायदा नाहक सोचने का। सोचने का बीड़ा तो नेताजी टाइप लोगों ने अपने ऊपर ले लिया था। अधिक दिमाग का इस्तेमाल···

पौ फटनेवाली थी। प्रात:काल का प्रवेश होनेवाला था और नए दिवस की शुरुआत। उस प्रभात की ज्योति के साथ नेताजी को एक हल मिल गया। औरत को उसकी साड़ी का हिस्सा कॉन्ट्रेक्टर को देना होगा, बतौर मुआवजा। निर्णय ले-लेने की खुशी नेता के चेहरे पर थी। आत्मज्ञान का गौरव, मस्तक का तेज होंठों की मुसकराहट बन उभर रहा था, पर इसमें भी एक समस्या थी। साड़ी का कौन सा हिस्सा उनको अर्पित होगा। तत्काल निर्णय आँचल पर आकर टिक गया।

पर वह औरत इस पर अड़ गई। नहीं, वह आँचल का भाग नहीं दे सकती। आँचल तो उसके बच्चों का दूध ढकता था। तो देने लायक हिस्से पर विचार हुआ और बात आकर साड़ी के अग्र भाग पर ठहर गई। औरत ने मस्तक नीचे कर बात मान ली और उस हिस्से को भेंट स्वरूप दे, आगे बढ़ गई।

इस विराट् शहर में एक आसरा था, वह भी गया। वह मंदिर के दर पर बैठ गई। प्रभातकाल में अंजलि भर पानी में स्नान करके पुजारी आ रहे थे। एक औरत को यूँ बैठा देख वह ठहरे—

"क्या हुआ। तुम कौन हो?"

"मैं यहाँ साड़ी की तलाश में आई, एक अभागिन हूँ।"

पुजारी थोड़ी देर उसकी तरफ देखते रहे, फिर मंदिर के अंदर गए और एक गीता लाकर उसके हाथ में दे दी। उसको समझाते हुए बोले, "द्वापर युग में जब द्रौपदी को भरी सभा में चीर की आवश्यकता पड़ी थी, उसने श्रीकृष्ण को पुकारा था। लो, यह गीता तुम्हारी मदद करेगी।"

गीता को हाथ में पकड़े वह काफी देर बैठी रही। उसको उम्मीद

थी कि शायद उस पुस्तक को पकड़ने मात्र से कुछ ईश कृपा होगी और उसके अंदर से चीर अवतरित होगा। वह काफी देर बैठी रही और कुछ विशेष न होते देख वह पुस्तक को पकड़कर सड़क पर चीर की तलाश में आगे बढ़ गई। अभी वह थोड़ा आगे निकली ही थी कि पीछे से कुछ तेज स्वर ध्वनित हुए।

"पकड़ो-पकड़ो। चोर···चोर···!"

और इससे पहले कि वह औरत कुछ सँभल पाती भीड़ उसको ढकेलती हुई आगे ले गई और थोड़ी दूर ले जाकर छोड़ दिया। पुस्तक अब भी उसके हाथ में और एक दरोगा उसके सामने आकर खड़ा हो गया। उसने सर्वथा भिन्न प्रकार की पोशाक पहनी हुई थी। सफेद रंग की पोशाक में काले धब्बे थे। धब्बे इतने ज्यादा थे कि सफेद रंग अदृश्य समान हो गया था, पर फिर भी कहीं-कहीं से उभरकर दिखने जैसा प्रतीत हो रहा था। पेट के ऊपर का हिस्सा पूर्णरूपेण सफेद था, पर हृदय स्थान पर काले धब्बे स्पष्ट थे।

"क्यों चोरी की है, वह भी गीता की? हमारी गीता की चोरी करने का दंड तुम जानती हो क्या है? यह सजिल्द किताब है। हम लोग इसको इतना पवित्र मानते हैं कि इसका पठन नहीं करते हैं। इसको सिर्फ पवित्र अलमारी में गंगाजल से पवित्र कर ताले में रखते हैं। उसकी चाभी सिर्फ यहाँ के पुजारी के पास रहती है और साल में एक दिन इसको दर्शन के लिए रखा गया है। उस दिन यहाँ ढेर उत्सव होते हैं और तुमने उस गीता को उठाकर सीने से लगाने की जुर्रत की। इसकी सजा तुम जानती हो?"

और बतौर सजा उसको जेलखाने में डाल दिया गया। उससे पवित्र सजिल्द गीता लेकर वापस अलमारी में बंद कर दी गई। दोपहर होने पर उसको जेलखाने के बाहर लाया गया और दरोगा ने उससे प्रश्न पूछना शुरू किया।

"तुमको सुबह से बंधक रखना तो हमको भारी पड़ रहा है। तुमको एक रोटी जो सुबह खाने के लिए दी गई थी, उसका इंतजाम हम लोग कहाँ से करेंगे?" हाँ, सुबह एक रोटी तो उसको मिली थी, पर उसका एक टुकड़ा खाने के बाद उसे अपने बच्चों की याद हो आई। उसने उस रोटी को अपने आँचल के कोने में कसकर बाँध लिया था। जिससे किसी की भी निगाह उस रोटी पर न पड़े। यहाँ से निकलकर यह रोटी वह अपने बच्चों के लिए ले जाएगी—

उसने निगाह नीचे कर ली। दरोगा की सफेद पैंट पर अब भी उसकी दृष्टि पड़ रही थी। दरोगा ने जैसे आँचल में बँधी उसकी रोटी के टुकड़े को देख लिया था। उस तरफ इशारा करके आदेश दिया।

"ये कैसे चलेगा?"

"नहीं, वह रोटी नहीं दे सकती। इस रोटी के असंख्य टुकड़े अनगिनत दिन तक उसके बच्चों का पेट भरेंगे।"

"तो ठीक है, साड़ी का एक टुकड़ा उसका मूल्य चुका देगा।"

वह राजी हो गई। स्वतंत्रता के लिए ये घाटे का सौदा न था। बात फिर इसपर आकर टिक गई कि कौन सा हिस्सा उसको दानस्वरूप दिया जाए। बात मध्यम भाग पर तय हो गई। वह सहर्ष तैयार हो गई। अब सिर्फ उसके पास आँचल बचा था। उस भाग को लेकर, उसमें रोटी को कस के बाँधकर वह थाने से बाहर आ गई। खुली हवा में उसने काफी समय के बाद पहली बार साँस ली थी। इस शहर में उसे एक बात अच्छी लगी कि कभी उसने यहाँ हवा का बवंडर चलता न देखा था। हवा हमेशा शांत बहती थी। उसकी गति भी शायद तय और नियंत्रित थी।

वह अभी शहर की परिधि पर पहुँची ही थी कि इस शहर के एक नौजवान से उसकी भेंट हुई। अभी-अभी यौवन पर उसने कदम ही रखा था। इस शहर में पहली बार उसे श्वेत वस्त्र में कोई व्यक्ति

दिखा था। इसका चेहरा लुप्त हो रही आदिम जाति जैसा था। कुछ-कुछ शक्ल पहचान में आ रही थी। ये शायद कोई लुप्तप्राय जीव का अवशेष था। उसके अंदर संवेदनाएँ भी थीं। उसने पहल की—

"चलिए मैं आपको आपके गाँव छोड़ देता हूँ। रास्ते में एक नई साड़ी भी ले दूँगा।"

और वह उसके साथ हो चली। पर अफसोस शहर की परिधि के बाहर अभी उसने अपना चरण निकाला ही था कि कुछेक युवकों ने उसको रोक लिया।

"ये हमारे शहर का नियम नहीं है।"

"क्या नियम नहीं है?"

"यही कि इस शहर का कोई भी युवक दूसरे शहर की युवती के साथ शहर की सीमाओं को पार करे। इसके लिए तुम दोनों को दंड मिलेगा। हमारे साथ तुमको न्यायाधीश के सम्मुख उपस्थित होना पड़ेगा।"

बसंती को उस युवक के साथ न्यायाधीश के सम्मुख उपस्थित किया गया।

एक खाली कुरसी के पीछे एक औरत की मूर्ति थी। उस श्वेत मूर्ति की आँखें काली पट्टी से बंद थीं। हाथ में एक तराजू था, जिसका एक पलड़ा नीचे और एक ऊपर था।

न्याय शुरू हुआ। इस शहर का न्यायाधीश अदृश्य व्यक्ति था। उसकी सिर्फ आवाज सुनाई देती थी। वह दिखाई नहीं देता था।

"हाँ! क्या मामला है? न्याय की प्रक्रिया शुरू की जाए।"

"जी, ये इस शहर के एक युवक के साथ शहर की सीमा पार कर रही थी। यह जुर्म किया है इसने।"

"नहीं! मैंने जुर्म नहीं किया है। इस युवक ने मेरे आगे पेशकश की थी कि यह मुझे गाँव छोड़ आएगा। वहाँ मेरे बच्चे भूखे हैं। मैं उनके लिए रोटी लेकर जा रही थी।"

"पाप! अब तो तुमने महापाप किया है। शहर की रोटी गाँव लेकर जा रही थी। तुमको दंड मिलेगा और युवक की गलती भी नहीं है। जरूर एक स्त्री होकर तुमने उसको पथभ्रमित किया होगा। कोई पुरुष इतना साहसिक कदम उठा ही नहीं सकता है, अगर स्त्री उसको न उकसाए।"

थोड़ी देर सभा-कक्ष में मौन रहा। सब न्याय की आवाज सुनना चाहते थे। न्यायाधीश अदृश्य था, पर उसकी आवाज में दम था। कोई उसको काटने की जुर्रत नहीं कर सकता था। उसकी आवाज गूँजी, "पहला जुर्म, जो कि युवक के शहर की सीमाओं का उल्लंघन करने का है, उसके एवज में यह सजा है कि ये इस मूर्तिवाली औरत के हाथ का तराजू बराबर करेगी। जब तक तराजू के दोनों पलड़े बराबर नहीं हो जाते, यह इस शहर को नहीं छोड़ सकती। दूसरा पाप, जो शहर की रोटी गाँव ले जाने का इसने किया है, उसकी सजा ये है कि ये आँचल सहित रोटी यहाँ न्यायालय में जमा कर देगी। इसके आँचल समेत रोटी जब्त की जाती है। न्याय खत्म हुआ। न्यायालय निरस्त।"

वह औरत मूर्तिवाली औरत की बंद आँखों पर खुले हाथ में झूल रहे तराजू को बराबर करने में लग गई। कभी एक पलड़ा नीचे आ जाता तो कभी दूसरा। वह पूरा दिन पूरी रात और दूसरे पूरे दिन कोशिश करती रही। जब तराजू को बराबरी पर न ला सकी तो थककर बैठ गई। रात घिरने को आ रही थी। अचानक जो बवंडर वह गाँव में छोड़ आई थी, वह शहर में चलने लगा। लोग अनायास बिगड़ गए मौसम के मिजाज से भयभीत हो गए। अफरा-तफरी मच गई। उसी भगदड़ में वह औरत सब लोगों की निगाह बचाकार शहर की सीमा पार कर गई। वैसे भी वह अब शहर की अन्य औरतों से भिन्न न थी। उनसे बचने की भी जरूरत न थी। आँचल न्यायालय में जब्त हो जाने के बाद वह शहरी ही प्रतीत हो रही थी।

वह गाँव की तरफ भागने लगी। उसको कितना वक्त लगा, इसका उसे ध्यान नहीं, पर जब पहुँची तो रात घिरने को आ रही थी। मौसम साफ था। बच्चे बाहर बुझे हुए चूल्हे के ठंडे अंगारों पर अपना मांस भून रहे थे। उसकी महक से उस औरत का सिर चकराने लगा। वह बेहोश होकर निढाल गिर पड़ी।

□

2

अक्स

दर्पण के सम्मुख खड़े होकर उस आकृति के विभिन्न अक्स हर कोण से उभर दर्पण पर फैल अपनी उपस्थिति दर्ज करा रहे थे। उस शयनकक्ष में अंधकार पसरा हुआ था और मद्धिम रोशनी एक झरोखे से आ उस आकृति को रोशनमान कर रही थी। एक बेडौल सी आकृति किसी स्त्री की ही प्रतीत होती थी, क्योंकि दर्पण के सम्मुख वही न अपना इतना वक्त जाया करेगी। पुरुषों को और बड़े कामों से फुरसत कहाँ कि दर्पण में नित अपने को निहारा करें।

वह आकृति काफी देर से अपनी भावभंगिमा को निहार अति प्रसन्नता की मुद्रा में प्रतीत हो रही थी। उसको अपना हर अक्स दिलकश और दिल-ए-अजीज प्रतीत हो रहा था। शायद टूटे हुए दर्पण में जितने प्रतिबिंब बन सकते हैं, सब-के-सब उसको अपने प्रतीत हो रहे थे।

उस गहन अंधकार से उभरकर एक प्रतिबिंब उसके कान में हौले से फुसफुसाया, ''मृगनयनी को देखा है, कितनी कुरूप है और अब तो उम्र के साथ और भी भद्दी होती जा रही है।''

उस आकृति ने अट्टहास किया, अपना रूप-सौंदर्य निहारा और

एक कटाक्ष किया, ''अरे मृगनयनी, वह तो जीवनपर्यंत मेरे से मुकाबला करती रही। बड़ी तीसमारखाँ बनती थी। नित नए सौंदर्य प्रसाधन का इस्तेमाल कर-करके अपना थोबड़ा कैसा कर लिया है! अभी बेचारी की उम्र ही क्या है, पर देखो कितनी कुरूप लगती है। हृदय के बुरे विचार मानो साक्षात् चेहरे पर विद्यमान होते हैं।''

''पर तुम्हारे साथ तो ऐसा नहीं है।'' वही अक्स बोला, ''आज भी उम्र की लकीर चेहरे को छू के नहीं गई है।''

तभी आकृति रूपगर्वित हो, मदमस्त अट्टहास करने लगी।

तभी दूसरा अक्स आईने से बाहर आकर धीरे से कुछ बोला।

आकृति का चेहरा दर्प से फूल गया।

''सही बोलते हो। बिलकुल सही। अरे पूनम ने कभी अपने बेटे पर ध्यान भी दिया। इकलौता बेटा है। देखो, कैसे दब्बू और रीढ़विहीन बना दिया है, हमने भी अपने बच्चों की परवरिश की है, पर कितना डरपोक पूनम का बीस साल का बच्चा है।''

''अरे, और माँ को देखो। इतना बड़ा पुत्र किसी लायक नहीं है और माँ की पेशानी पर एक बल भी नहीं पड़ता है। वैसे छम्मकछल्लो बनी घूमती है,'' अक्स बोला। ''मैंने अपने बच्चों पर जी-जान से मेहनत की है। अपना कीमती वक्त बरबाद किया है। बच्चों की यह सफलता उसकी ही देन है। अगर मेरा इतना बड़ा बच्चा जीवन में कुछ न कर रहा होता तो मेरी तो रातों की नींद ही हराम हो जाती।''

आकृति के चेहरे पर एक दीप्तिमान दर्प ने अपना स्थान जमा लिया था। अपने बेटे की उपलब्धियों को वह अपनी जीवन की परम सफलता मान अहंकार से भर उठी।

तभी तीसरा अक्स बोला, ''सोने पर सुहागा! अरे आपके अच्छे कर्मों का ही फल है कि आपका पति आपका हुकुमबरदार है। अरे आप कितनी शरीफजादी हैं। जो उसको अपना गुलाम बनाए हुए हैं।

आप में कुछ तो क्षमता है कि वह आपकी इतनी बातें मानता है।''

आकृति जोर से खिलखिला पड़ी, ''क्यों नहीं मानेगा! अरे जो बात नहीं मानता है, मैं हंगामा बरपा कर मनवा लेती हूँ। शुरू से ही जो मैं नहीं दबी, आज उसी का यह नतीजा है कि वह मेरी जूताबरदारी करता है। यह तो प्रेम से अधिक प्रतिष्ठा की लड़ाई है, अरे पति को झुकाना ही तो हम स्त्रियों का प्रथम अधिकार है।''

''पर अगर वह नहीं झुकता तो,'' अक्स ने चुटकी ली।

''कैसे नहीं झुकता! शादी के दिन ही इसको चुनौती समझ स्वीकार किया था। गांधीजी का असहयोग आंदोलन पहले दिन से ही दिखा दिया, जब तक दुश्मन सँभल पाता, तब तक तो वह चारों खाने चित्त हो गया था।'' और पति को पैर की जूती मान वह आकृति ठठाकर हँस रही थी। जीवन में उसने सिर्फ उपलब्धि ही हासिल करनी जानी थी। पराजय तो उसको छूकर भी न गई।

तभी चौथा अक्स थोड़ा अस्फुट स्वर में बोला, ''अरे जानती हो, गीता का चरित्र कितना हलका है। वह तो हर परपुरुष के साथ अपना संबंध बना लेती है।''

आकृति को अब वार्त्तालाप में आनंद आने लगा था। अपने समकक्ष नारी का चरित्र छिद्रान्वेषण किसको आनंदित नहीं करता और अगर वह नारी सौंदर्य और दिमाग से परिपूर्ण होते हुए किसी भी स्तर पर कमजोर सी प्रतीत होती है तो अन्य नारियों के स्वाभिमान में इजाफा होता है। तो एक रंग का अक्स मानो हठात् वहीं उस आकृति के ठीक पीछे अपनी उपस्थिति दर्ज कराता हुआ मौजूद रहा। तेज-से-तेज रोशनी का पुंज उसके स्याह रंग को और उजागर करता हुआ प्रतीत हुआ। वह आकृति अपने चेहरे पर मेकअप की परत चढ़ाती हुई चौंक गई। इस अक्स के चेहरे पर अजीब सी विद्रूप मुसकान थी। वह मुसकान कहीं गहरे, बहुत गहरे उसकी अंतरात्मा को झकझोर रही थी। हर क्षण

उसकी निगाह से कहीं अंदर तक कुछ छू रहा था। उस अक्स की अपनी निगाहों में छिद्रान्वेषण करने की अजीब रूमानी काबिलियत थी। ऐसा प्रतीत हो रहा था कि वह अंतर्यामी हो, मानो आकृति की शख्सियत को तार-तार कर देगी और इस चीर-फाड़ में वह वेदना महसूस करने लगी। ऐसा प्रतीत होता, मानो हर पीड़ा उसके शरीर के साथ-साथ मन को भी फाड़ रही है और मन के अंदर बैठी एक आत्मा है, जिससे उसको शरीर से निकालने का प्रयास किया जा रहा है।

उसने उस अक्स को कस के घूरा। शायद डर से वह पीछा करना छोड़ दे, पर अक्स तो यथावत् था और मुसकरा-मुसकराकर हौले-हौले मानो उसको सहलाने और बहलाने का प्रयास कर रहा था।

आकृति थोड़ा पीछे हुई, फिर आगे। वह जहाँ-जहाँ जा रही थी, वह अक्स उसका हमसाया बन पीछा कर रहा था और ओठों पर मंद मुसकान लिये मानो उसका परिहास कर रहा हो।

जब आकृति से और न सहा गया तो थोड़ा कड़े स्वर में बोली, "क्यों मेरा उपहास कर रहे हो?"

"उपहास और मैं, वह भी तुम्हारा। अरे तुम इतनी देर से क्या कर रही थीं। तुम भी तो अपने से जुड़े हर शख्स की निंदा करके उसका उपहास ही उड़ा रही थी। वह भी उनकी पीठ पीछे। अरे कम-से-कम यहाँ मैं तुम्हारी हर कमजोरी पर तुम्हारा प्रतिवाद सुनने के लिए तैयार हूँ, पर तुम जिनकी निंदा कर रही हो, वह बेचारे तो अपना स्पष्टीकरण देने के लिए भी यहाँ उपस्थित नहीं हैं। अरे! जब सबको आईना दिखाना ही था तो स्वयं को भी तो आईने में देखना सीखो।"

"क्यों?" आकृति ने तुनककर कहा, "मेरे में क्या कमी है, जो मैं आईना देखूँ। मेरी पूर्णता का एहसास है सबको।"

"यह तुम्हारी गलतफहमी है।"

"गलतफहमी!" एकबारगी आकृति को लगा मानो अक्स उसको

तमाचा मार रहा हो। ''कैसी गलतफहमी? तुम कहना क्या चाहते हो? मैं गलत हूँ।'' आकृति चिढ़ गई।

''हाँ!'' अक्स चुप रहा।

''क्या, ठीक-ठीक बताओ।'' आकृति का चेहरा मानो तमतमा गया। अपने ऊपर आरोप बहुत कम लोग बरदाश्त करते हैं। फिर सीधे-सीधे कोई मुँह पर सुना देने का साहस करे तो ऐसा प्रतीत होता है कि मानो किसी ने खींचकर जोरदार तमाचा मारा है और उस दर्द से वह अभी तिलमिला रही थी।

''मैं कैसे गलती कर सकती हूँ?''

''क्यों, क्या तुम इनसान नहीं हो? मानवी कमजोरी तो तुममें भी है।''

''पर मेरे संसार…'' इससे पहले कि आकृति अपनी बात खत्म कर पाती अक्स ने बीच में ही बात काट दी।

''तुम किन संस्कारों की बात करती हो, वही मूल्य न, जिनका निर्माण तुमने दूसरों के लिए किया है और जिनकी कसौटी पर तुम दूसरों को अभी तौल रही थीं। पर तुमने कभी सोचा है कि लोग बाहर तुम्हारे लिए क्या सोच रहे हैं?''

''कोई मेरे लिए गलत क्यों सोचेगा। मैंने तो कभी कोई गलती की ही नहीं है।'' आकृति थोड़ा क्रोधित थी।

''नहीं की है?'' अक्स की आवाज संयत और संतुलित थी। ''क्या कभी नहीं?''

''नहीं।''

''सोच लो।''

''सोच लिया।''

''जवानी की दहलीज पर तुम्हारा प्यार…''

''पर उस प्यार से तो मैंने शादी कर ली।'' आकृति मुसकराई।

''पर अगर प्यार को एक बंधन मिल जाए, एक नाम मिल जाए तो वह जायज और अगर वह मुकाम पर न पहुँच पाए तो नाजायज।''

''जाहिर है।''

''पर तुमने तो प्यार के पहले शारीरिक संबंध स्थापित किए थे। अगर पिता विवाह की स्वीकृति न देते और तुम भागकर विवाह करतीं तो तुम्हारी वर्जनाएँ, मर्यादाएँ, दलीलें कहाँ तक सही होतीं?''

''पर ऐसा कुछ हुआ तो नहीं!'' आकृति को अपनी जीत का एहसास हुआ।

''पर हो सकता है कि गीता अभी तुमसे श्रेष्ठ हो, उसकी मित्रता, उसके संबंध मानसिक धरातल पर एकाधिकार कर बैठे हों। उसमें यौन आकर्षण न हो। ये कहाँ लिखा है कि पुरुष की महिला से मित्रता हो ही नहीं सकती। मानसिक धरातल पर गीता, हो सकता है पुरुषों की तरह बौद्धिक क्षमता रखती हो और उनसे बात करके उसके स्वयं की तुष्टि होती हो, क्योंकि औरतों की सोच दकियानूसी और अधिकांशत: निंदनीय होती है।''

''पर पुरुषों से ही क्यों?''

''क्योंकि गीता कामकाजी है। कामकाजी औरतों की सोच का दायरा बड़ा होता है। वह अकसर काम करते-करते भूल जाती है कि सामने वाला पुरुष है या औरत।''

''पर…'' आकृति ने कुछ बोलना चाहा।

''क्या पर?''

''तुम भी तो किस-किस के साथ यात्रा करती हो। कभी थाईलैंड जाती हो, कभी बैंकॉक, कभी दिल्ली। इतनी-इतनी रात अकेली रहती हो। क्या पता वहाँ तुम्हारा क्या रवैया हो?''

''तो फिर पुरुष से बात करना क्या चारित्रिक मूल्यों का हनन है? और वह भी आज के युग में…गीता सुंदर है, इसलिए वह किसी भी

पुरुष से हलकी सी भी बात करती है तो उँगली उठती है। अगर कुरूप होती तो शायद कोई ध्यान भी नहीं देता।''

''दोष उसमें है या उसकी सुंदरता में? सुंदरता औरत की ईर्ष्या की पात्र होती है। शायद अपने घर में झाँकों तो पाओगे कि कभी तुम्हारे पति ने गीता के गुणों की तारीफ तो नहीं की। गुणी महिला, जो बौद्धिक रूप से श्रेष्ठ होती है। पुरुषों को आंदोलित और समकक्ष महिलाओं को विचलित करती है। औरत जब तक सिर्फ एक दकियानूसी औरत है, तब तक ठीक है, उसके आगे यहाँ तक सोचने-समझने और महसूस करनेवाली इनसान बनने की कोशिश करती है, समाज उसको बहिष्कृत कर देता है और उसके ऊपर तरह-तरह के बंधन लगा देता है।''

''पर हर सुंदर नारी पर तो इशारे नहीं उठते, न ही कामकाजी औरत पर।''

''मैं मानता हूँ, पर हर स्त्री जिसकी सुंदरता ही उसका अवगुण है, कहीं-न-कहीं घर-परिवार में या फिर आसपास के परिवेश में सताई जा रही है। लोग सुंदरता को सहज स्वीकार नहीं कर पाते।''

''उठता है, तब जब महिला बने-बनाए रास्तों को छोड़ किसी नई राह पर चलती है, कुछ नया करना चाहती है, तब जब पुरुषों की नई सोच समाज नहीं स्वीकारता, महिलाएँ तो फिर भी प्रताड़ित हैं। उनके आदमकद को समाज क्यों अपना पाएगा।''

आकृति अब थोड़ा-थोड़ा बहस करने की मुद्रा में आ गई थी।

''इसलिए न, मेरे पति मेरे को प्यार करते हैं और घर की चौखट नहीं लाँघने देते।''

''क्या तुम पति के प्यारवश कैद हो या फिर तुममें क्षमता का अभाव है।''

''और क्या वास्तव में तुममें और तुम्हारे पति में उतना प्रेम है, जितना कि तुम दलीलें देती हो? क्या विवाह की परिधि से बाहर

सजधज के तैयार होने पर तुम्हारा मन नहीं करता कि पुरुष की प्रशंसा का पात्र बनो? इतने चुस्त कपड़े पहनना, इतना मेकअप इस उम्र में क्या दरशाता है! स्वस्थ और सुंदर रहना और आकर्षण का पात्र बनने में जमीन-आसमान का अंतर है। क्या इसको पतिव्रता होना ही कहेंगे कि तुम अपने पति की ईमानदारी का बाहर दलालों से सौदा करती हो। क्या इसको पति के प्रति समर्पित होना ही कहेंगे या फिर कहीं-न-कहीं तुम अपनी इच्छाओं और वासनाओं के लिए पति की प्रतिष्ठा के साथ खेल रही हो! क्या इसको प्रेम कहते हैं? फिर परपुरुषों के साथ दलाली, क्या यह सही है या गलत लेन-देन तो है न और मूल्यों के साथ समझौता। इस समझौते के गर्भ में भी स्वार्थलिप्सा और अर्थ छिपा है। तो फिर तुम श्रेष्ठ कहाँ हुईं। बाजार में तो बैठ ही गईं।''

अब आकृति का क्रोध पारावार चढ़ने लगा। क्रोध में उसके चेहरे के मेकअप की परत छिलने सी लगी। जब क्रोध बरदाश्त के बाहर हो गया तो उसने क्रीम की शीशी उठाकर आईने पर दे मारी। आईना टुकड़े-टुकड़े हो गया। हर टुकड़े में उसका भयानक सा अक्स मुँह चिढ़ाता हुआ मानो उसका मजाक उड़ा रहा था। उसने उन टुकड़ों में उस बदनुमा अक्स को ढूँढ़ना चाहा, जिसने उसको आईना दिखाया था। पर तेज रोशनी में वह उसकी आकृति में मानो अंदर समा सा गया था या फिर रोशनी उस अंधकार रूपी साये को लील सी गई। उसके अंदर से एक धीमी सी आवाज आई।

''हमारी आँखें वही देखती हैं, जो हम देखना चाहती हैं। कान वही सुनते हैं, जो हम सुनना चाहते हैं और जुबान वही बोलती है, जो हम बोलना चाहते हैं। लोगों का क्या···उनका तो शगल है बोलना, लोगों के खिलाफ बोलना। सुनने के लिए सिर्फ कान होने चाहिए।''

□

3

सफर

स्टेशन पर आकर गाड़ी रुकी। सब तरफ अफरा-तफरी सी मच गई। कुछ लोग गाड़ी में चढ़ रहे हैं, कुछ उतर रहे हैं। किसी को अपने रिश्तेदारों से मिलने की खुशी, तो किसी से बिछुड़ने का गम। अनजान चेहरे, अनजान राहें, पर उनको बाँधती थी एक डोर, यह ट्रेन। शायद कुछ-कुछ हमारी जिंदगी सी, जिसमें अनजान लोग किस तरह इस सफर में साथ हो लेते हैं और किस तरह बिछुड़ जाते हैं। कभी न मिलने के लिए।

एक वृद्ध सज्जन, अब वृद्ध भी क्या कहेंगे, पर अधेड़ तो जरूर प्रतीत होता था। बदन से तो उम्र ज्यादा महसूस नहीं हो रही थी, पर चेहरा जरूर उम्रदराज था। गरीबी का सबसे दुःखद पहलू है कि वह भूख को उम्र, शरीर और चेहरे पर ले आती है।

उसकी आँखों में एक सूनापन आकर ठहर गया था। अब उसकी आँखें किसी को ढूँढ़ नहीं रही थीं, न ही कोई उसको ढूँढ़ रहा था। पर इस शहर से वह अपरिचित न था।

ट्रेन से उतरकर वह एक खंभे से सटकर बैठ गया। अपनी बगल में उसने एक मैला-कुचैला सा बैग रख दिया। कहीं जाने की उसको

हड़बड़ी नहीं थी, पर वह इस शहर में कुछ सोच के आया था। किसी से मिलने आया था।

हाँ! यह शहर तो उसका अपना था। उसके अपने यहाँ रहते थे। उसके बेहद अपने, उसके बीवी और बच्चे और वह भी तो उन्हीं से मिलने आया था। पर क्या वह उनसे मिल पाएगा? वह थक गया था, जिंदगी की आपाधापी से टूट गया था। एक हताश इनसान क्या किसी का पिता या पति हो सकता है? इस सोच में अकेलापन था, एक ठहराव था और उससे भी अधिक एक निस्तब्धता, एक शून्यता। वह सबसे मिल के चला जाएगा।

बचपन उसका कितना अच्छा था। कष्ट थे, आर्थिक तंगी थी, पर सपने थे। उन सपनों को पूरा करने की ललक थी। एक निम्न मध्यवर्गीय परिवार में उसका जन्म हुआ था। वह पाँच भाई-बहनों में सबसे बड़ा था। उसके पीछे चार बहनें थीं। पिता एक मामूली सी प्राइवेट फर्म में क्लर्क थे।

स्वप्न सहित एक सीधी-सपाट जिंदगी, जिसमें खुशियाँ कभी-कभी ही हौले-हौले दस्तक देती थीं, पर दुःख तो सहोदर की तरह हमेशा गले ही लगाए रहता था। बड़ा होने के नाते उसने अकसर इस दर्द को बड़ी शिद्दत से महसूस किया था।

उसकी माँ अकसर बीमार रहती थीं। दमा था, क्योंकि जब कभी वह बेदम होतीं तो कई दिनों तक को बिस्तर पकड़ लेतीं। उसके पिता ज्यादातर ऑफिस में ही व्यस्त रहते थे। प्राइवेट फर्म में जितना पैसा न था, उससे अधिक काम था और वे बेचारे सीधे-साधे आदमी। कोई भी यार-दोस्त अपना काम उनके ऊपर डालकर ऐश करता था।

पर उसने घर का सारा काम बड़े अच्छे से सँभाल लिया था। सँभाल क्या लिया था, सँभालना पड़ गया था, क्योंकि जब जिंदगी में मजबूरी सिर पर आती है तो अपने को हालात के अनुरूप ढालना पड़ता

है, हालात हमारे अनुरूप नहीं ढलते। कुछ बखूबी सँभाल लेते हैं और कुछ उनसे लड़ते ही रह जाते हैं। खैर, उसने उफ तक न की।

स्कूल और घर के बीच में पिसते हुए उसने एक सपना देखा था और वह था—फोटोग्राफर बनने का। उसके घर के पास ही फोटोग्राफर रहते थे। वह उसके पिता के हमउम्र थे, पर जब से उसने उनके पास जाना शुरू किया था, तब से उन दोनों में अच्छी घनिष्ठता हो गई थी। वह खाली वक्त में उनकी लैब में भाग जाता और उनसे फोटोग्राफी के गुण सीखता। शायद उन रंगीन फोटोग्राफ के माध्यम से वह दूसरों की रंगीन जिंदगी को जी लेना चाहता था। वह कैमरे में बंद कर लेना चाहता था, जो भी हो, उसने वीराने में एक सपना पाल लिया था।

धीरे-धीरे उम्र भी बीतती गई और जिम्मेदारियाँ भी बढ़ती गईं। जिम्मेदारियों के कारण उसने शौक को ताक पर रखकर नौकरी की तलाश शुरू की। अब मनचाही जगह पर नौकरी तो मिलती नहीं तो उसका एक परिचित उसको उड़ीसा ले गया। वहाँ एक सीमेंट फैक्टरी में मजदूर की नौकरी मिल गई। अपने मित्र की चाल में ही वह रहने लगा, क्योंकि इससे ज्यादा जगह का इंतजाम वह अपने लिए जिंदगी में कभी कर भी नहीं पाया। जो पैसे होते थे, उनको वह घर भेज देता था और अपने खाने-खरचे के लिए वह शाम को एक होटल में वेटर का काम करता था। कुछ पैसे भी हो जाते थे और कम-से-कम एक टाइम भरपेट भोजन। पूरे दिन की फाकामस्ती वह शाम को भूल जाता था। रात ढलते-ढलते वह सबकुछ भूल निद्रा की आगोश में डूब जाता था। सारे सपने उस नींद के साथ ही स्याह रंग अख्तियार कर लेते थे।

कब उसकी शादी हुई और कब बच्चे हुए सोचने की फुरसत भी उसको न मिली। बीवी को कहाँ उड़ीसा ले जाकर रखता। वहाँ तो उसके अपने लिए जगह नहीं थी। यहाँ कम-से-कम माँ के पास सिर छुपाने के लिए छोटा ही सही, पर इज्जतदार आशियाँ तो था। बीच-

बीच में छुट्टी मिलने पर वह घर आ जाता था, अपनों के बीच।

वक्त तो एक रफ्तार से भागता चला जाता है, रुकता नहीं। रुकती तो हमारी जिंदगी है। वह थम जाती है, वक्त आगे बढ़ जाता है। कुछ ऐसा ही उसके साथ हुआ। कब बचपन बीता, होश ही न रहा। कब जवानी के दिन बीतने लगे, पता न चला। पता तो तब चला, जब बेटा थोड़ा बड़ा हो गया। इस बार वह काफी खुश होकर घर पहुँचा था। दीवाली पर बोनस मिला था। उससे पहली बार उसने अपने परिवार के लिए कपड़े लिये थे। बहनों की जिम्मेदारियों से भी वह इसी साल फारिग हुआ था।

जब वह घर पहुँचा तो बेटा घर पर न था। बीवी को तेज बुखार था। उसकी दवा लाने गया था। छोटी बेटी, जो कि करीब दस साल की थी, खाना पका रही थी। अम्मा दूसरे पाटे पर बैठकर सब्जी काट रही थी।

''क्या हुआ सावित्री।'' अपनी पत्नी को उस हालत में देखकर अंदर का सारा प्यार उमड़ आया।

''क्या बताएँ, पिछले तीन दिनों से काफी तेज बुखार है। उतरने का नाम ही नहीं ले रहा है। बिट्टू सामनेवाले डॉक्टर से पूछकर दवा लाने गया है।'' अम्मा ने कहा।

वह अपनी बीवी की बगल में बैठकर उसका हाथ पकड़ सहलाने लगा। शायद सारा प्यार ही वह उड़ेल देना चाहता था। वह उसको कैसे बता पाता कि इतनी दूर रहकर वह कैसे अपने परिवार को याद करता है। शायद अपनी घुटन अपने शब्दों में कभी व्यक्त ही नहीं कर सकता। उसको अपने नसीब के ऊपर कोफ्त हुई। कितना मजबूर है वह। चाहकर भी वह साथ में आकर नहीं रह सकता। उसकी पत्नी ने आँखें बंद कर लीं। उसकी आँखों से दो बड़े-बड़े आँसू पत्नी के माथे पर गिरे। उसने जल्दी से घबराहट में उनको पोंछ दिया।

तभी उसका बेटा दवा लेकर आ गया।

''आ गए बेटा···लाओ मैं दवा पिला दूँ।'' पर बेटा तो जैसे बाप को देखकर भड़क ही उठा।

''खबरदार! जो मेरी माँ को हाथ लगाया।'' एकदम से उसके हाथ वापस हट गए। बिट्टू दौड़कर अपनी माँ के पास गया।

''माँ···माँ आँखें खोलो, माँ दवा ले आया हूँ, माँ···।''

धीरे से अपनी माँ को उठाकर उसने दवा पिला दी और उसके सिरहाने बैठ गया। उसकी पूरी कोशिश थी कि वह पिता को माँ के करीब भी न आने दे।

वह धीरे से उठकर कपड़े बदलने चला गया। जब कपड़े बदलकर आया तो उसकी अम्मा ने उसके आगे चाय और नाश्ता रख दिया। बिट्टू का व्यवहार उसको अंदर तक आहत कर गया। वह सबकुछ तो इनके लिए ही कर रहा था। उससे बेहतर होता है, जब अपने दूर रहते हैं तो उनसे मिलने की ख्वाहिश में ही दिन कट जाते थे; एक उम्मीद रहती थी···पर यहाँ तो अपनों के बीच में ही वह अकेला था। लोग उसको बेगाना समझने लगे थे।

अम्मा ने ही बात उठाई, ''पिछले तीन दिन से बिट्टू अपनी माँ के पास ही बैठा है। स्कूल भी नहीं गया। माँ को भी काम पर जाने नहीं दिया। माँ का हाथ पकड़कर बार-बार यही कहता रहा—माँ, तुम मत दुःखी हो, मैं हूँ न। इधर सावित्री तुमको काफी याद कर रही थी। अब तुम आ गए हो तो वह जल्दी ही ठीक हो जाएगी।''

उसको बेहद आत्मग्लानि का बोध हुआ। शायद चोर को भी इतना गहरा बोध नहीं होता होगा, जितना कि उसको हुआ। हाँ, वह अपराधी है। अपने परिवार का अपराधी है। उनकी खुशियों और तकलीफों का वह अपराधी है। खाना छोड़कर वह बीच में ही उठ गया और कमरे से बाहर आ गया।

उसकी माँ पीछे से उसको आवाज देती रही—''बेटा खाना तो

खा ले, इतनी दूर से आया है। भूखा मत जा। गुस्सा मत हो।''

नहीं, वह गुस्सा नहीं था। वह अकेला था। बेहद अकेला। वह इन गलियों में कहीं खो जाना चाहता था। वह अपने परिवार की ठीक से देखभाल नहीं कर पा रहा था। वह गुनहगार था। उसकी आत्मा पर मानो टनों पत्थर पड़ गए थे, वह घर से दूर जाकर उनको फेंक आना चाहता था। उसको भय था, उन पत्थरों को परिवार के लोग देख न लें। वह दिन भर ऐसे ही घूमता रहा। कभी-कभी अपने ऊपर क्रोध आ जाता तो सड़क पर पड़े हुए किसी निरीह पत्थर को कसकर लात मार देता था और उलटे खुद ही चोट खा जाता।

अँधेरा होने पर उसे घर जाने का होश आया। शायद अंधकार गुनाहों को काफी हद तक हलका कर देता है, रात की कालिमा सबकुछ अपने अंदर समेट लेती है।

घर पहुँचा तो हाय-तौबा मची हुई थी। सब उसको लेकर चिंतित हो रहे थे।

माँ तो बाहर दहलीज पर ही खड़ी बेटे की लंबी उम्र की दुआएँ पढ़ रही थी।

''कहाँ चला गया था रे! तुम्हें हमारा भी खयाल नहीं आया।''

वह कहना चाहता था कि खयाल ही तो आया था माँ, जो शायद कहीं नहीं गया। इतनों को बेसहारा छोड़कर वह कहाँ जा सकता था। सब उसकी जिम्मेदारी जो है। वह कहीं दूर बहुत दूर चला जाना चाहता था, पर हिम्मत नहीं कर पाया। शायद प्राणांत कर पाने की भी शक्ति उसमें न थी।

बीवी की तबीयत में काफी सुधार हुआ था। उसको देखते ही उसकी आँखों में चमक आ गई। यही चमक तो उसको अपने परिवार के पास खींच लाती थी।

वह एक हफ्ता रहा, पर उसका बेटा उसके पास एक मिनट के

लिए नहीं आया। एक दिन अपने परिवार को लेकर मेला चला गया, पर बेटा पढ़ाई का बहाना करके घर में रह गया। मेले में वह अपनी पत्नी को सबकुछ दिला देना चाहता था। बेटे के लिए भी उसने एक बाँसुरी खरीदी और एक माउथ ऑर्गन।

जब उसकी बीवी सुबह काम पर चली जाती थी और बेटा स्कूल तो वह सामने फोटोग्राफर की दुकान पर जाकर बैठ जाता था।

''तुम अब वापस क्यों नहीं आ जाते।'' एक दिन उसके फोटोग्राफर मित्र ने पूछा।

''कैसे आऊँ! फिर वहाँ नौकरी है। अब तो मैं परमानेंट भी हो गया हूँ। यहाँ आकर नए सिरे से अपने को स्थापित कर पाना शायद अब संभव नहीं है। फिर तुम ही बताओ, इस उम्र में मैं आकर करूँगा ही क्या?''

''हाँ ये तो है। पर अब तुम्हारा बेटा तुम्हारी कमी को काफी महसूस करता है।''

''जानता हूँ।'' वह उदास हो गया।

फोटोग्राफर मित्र उसका मूड भाँप गया। बात पलटता हुआ बोला, ''बहुत ही मेधावी है। पढ़ने की तो उत्कृष्ट लालसा है। जब बिजली नहीं होती है तो पास के लैंपपोस्ट के नीचे पढ़ता है। पढ़ाई में भी अव्वल आता है। अभी परसों ही तो पैसे माँगने आया था तो कह रहा था, चाचा देखना मैं बड़ा होकर अपनी माँ को यूँ सबके यहाँ काम पर नहीं जाने दूँगा। कभी-कभी तो माँ पिताजी को याद कर घंटों रोती है। तुमको बहुत याद करता है। बहुत नेक लड़का है।''

वह सिर्फ हूँ-हाँ ही करता रहा। क्या वह चाहता था कि उसकी पत्नी काम करे? क्या वह परिवार के साथ नहीं रहना चाहता था? वह किससे कहे।

चलनेवाले दिन बहुत सुबह ही उसकी गाड़ी थी। बेटा अभी सो

रहा था। वह धीरे से उसके पास गया। काफी देर प्यार से उसका हाथ पकड़े खड़ा रहा। फिर हौले से उसको सहलाकर उसके पास बाँसुरी और माउथ ऑर्गन रख दिया। वह इतने हौले से जाना चाहता था कि बेटे की नींद न खुले, पर शायद वह जगा हुआ था।

उसने धीरे से आँख खोलकर पिता को जाते हुए देखा। वह भागकर उनसे लिपट जाना चाहता था। कहना चाहता था कि पिताजी हम लोगों को अकेला छोड़कर मत जाओ, जिंदगी से डर लगता है। पर नहीं, वह कमजोर नहीं पड़ेगा। वह अब बड़ा हो गया है और बहादुर भी। वह उनको नहीं रोकेगा। जाना है तो जाएँ। जब उन्हें हमारी परवाह नहीं तो हम क्यूँ करें।

पर पिताजी के जाने के बाद उसने बाँसुरी और माउथ ऑर्गन बैग में रख लिया। वह अपने स्कूल में बच्चों को दिखाएगा कि उसके पिताजी उसको दिलाकर गए हैं। स्कूल में बच्चे अकसर चिढ़ाते थे। वह उनके जैसा अच्छा पैंसिल बॉक्स या टिफिन लेकर नहीं आ पाता था। वह हमेशा अपमानित महसूस करता था। दो-चार बार तो प्रिंसिपल ने बुलाकर उसका नाम काटने की धमकी भी दी, क्योंकि फीस वक्त पर जमा नहीं हो पाती थी। तब उसे कितनी घृणा होती, उस पिता से जो इन सबसे लापरवाह अपनी जिंदगी में खोए हैं। तब माँ से ही पैसा लेकर फीस चुकानी पड़ती थी। अकसर माँ को कहा भी कि वह किसी दूसरे स्कूल में पढ़ लेगा, पर माँ कभी मानने के लिए तैयार न हुई।

''बेटा मेरा एक ही सपना है कि तू बहुत बड़ा आदमी बने। तेरी ऊँचाइयाँ मेरी अपनी जिंदगी के नीचेपन को ढक देंगी। मैं उनको पाकर अपना समस्त दुःख-दर्द भूल जाऊँगी।''

और वह दोस्तों के सारे अपमान भूल, मेहनत करने में लग जाता। एक दिन वह माँ को वह स्थान देगा, जहाँ लोग उसकी माँ की तरफ सम्मान से देखें।

□

वक्त बीतने पर एक दिन अचानक माँ दर्द से तड़पती रही। माँ का कष्ट देखकर उसको अपने पिता के ऊपर बेहद क्रोध आ रहा था। माँ को क्या कष्ट है, यह उसकी दादी उसको बता भी नहीं रही थी। पर माँ काम पर भी नहीं गई थी। पर न माँ चिंतित दिख रही थी और न ही उसकी दादी। वह बार-बार बोला कि मैं डॉक्टर को ले आता हूँ, पर उसकी दादी ने डाँटकर भगा दिया। वह फोटोग्राफर चाचा के यहाँ गया। वही जानते होंगे कि माँ को क्या हुआ। वह काफी देर उसको बहलाते रहे। फिर बोले, "तुम्हारा भाई आने वाला है।" तभी मुनिया ने आकर खबर दी।

"भइया दादी बुला रही हैं। बहन आई है।" उसने चाचा की तरफ देखा। चाचा कितना झूठ बोलते हैं। अभी तो बोल रहे थे कि भाई आने वाला है, पर यहाँ तो बहन है। उसे अपनी बहन से नफरत हो गई। उसकी तो सिर्फ एक ही बहन है—मुनिया, बाकी कोई नहीं। वह मुनिया का हाथ पकड़कर माँ के पास भागा।

माँ आराम कर रही थी। अब उसको इतनी तकलीफ नहीं थी। उसकी बगल में एक छोटी सी बच्ची लेटी हुई थी, पर दादी और माँ दोनों ही खुश नहीं थीं।

दादी बोली, "उसको फोन करवा दिया है। वह आकर भी क्या करेगा। कौन-सा बेटा जना है तूने, जो वह भागा-भागा आए। अरे जब औलाद करनी ही थी तो जान के करती कि बेटा हो।"

माँ चुपचाप आँखें बंद किए सुने जा रही थी। आखिर उससे कोई भारी गलती तो हुई ही है। क्यों ले आई वह एक और बहन को? वह उसको नहीं रखेगा। पर माँ ने उसे अपने पास बुलाया, "देख बिट्टू! गुड़िया, तुम्हारे और मुनिया के खेलने के लिए। इसको प्यार करेगा न?" और वह चाहकर भी कुछ न कह पाया। पर उसके पिता न आए,

यह बात उसको बेहद अखरी। शायद अपने पिता की कमी के एहसास को वह कहीं गहरे तक और शिद्दत से महसूस करता था। असमय ही वह बहुत बड़ा हो गया था। जिंदगी बहुत तेज रफ्तार से भागती गई और जैसे-जैसे वह भाग रही थी, दूरियाँ भी बढ़ती गईं।

□

बिट्टू अब बड़ा हो गया था। मेहनती और मेधावी तो था ही, किस्मत ने भी साथ दिया।

"माँ देखो! मुझे कलकत्ता में नौकरी मिल गई है।"

"बहुत अच्छा बेटा!" वह माँ के चेहरे पर असीम खुशी देखना चाहता था।

"माँ मुझे दीवाली से पहले वहाँ जॉइन करना है। कंपनी की तरफ से फ्लैट मिलेगा। अब तुम्हें काम करने की जरूरत नहीं पड़ेगी। तुम मेरे साथ चलकर रहोगी।"

जो शब्द सावित्री अपने पति के मुँह से सुनना चाहती थी, आज उसका बेटा कह रहा था। बेटे के घर में जाकर रहने का सपना शायद सावित्री ने कभी देखा ही नहीं था। वह तो हमेशा से यही चाहती थी कि उसका पति एक बार ही सही, उसे उसके अपने घर में ले जाए। उनकी गृहस्थी हो। वह अपने विचारों को बुनती जा रही थी और बिट्टू बोले जा रहा था।

"माँ तैयारी कर लो, हमें जल्दी ही चलना होगा।"

"पर बेटा मेरा काम···।" वह बहुत कुछ बोलना चाहती थी। आज उसके लिए सबसे खुशी का दिन था। उसका इकलौता बेटा जिंदगी में एक मुकाम पर पहुँच गया था। एक मुकाम, जिसके लिए उसने और बेटे ने जी-तोड़ मेहनत की थी। पर शायद उस मुकाम पर पहुँचकर भी वह अकेली थी। उसका साथ देनेवाला साथी उनसे बेखबर, दूर उनके लिए सिर्फ पैसे मात्र भेज रहा था। वह भी पूरे घर की जरूरत

को पूरा नहीं कर पाते थे। उसे घर से बाहर दूसरों के घरों पर चौका-बरतन करके घर को चलाना पड़ता था।

एक बेटी की शादी उसने अपने बलबूते पर की। सहसा उसे एहसास हुआ कि वह वास्तव में थक गई थी। वह अब और नहीं सह सकती। अब और मेहनत नहीं कर सकती। शरीर के साथ-साथ उसका मन भी टूट गया था। वह जाएगी, बिट्टू के साथ जाएगी और जिंदगी का नया सपना बुनेगी। वह अपनी जिंदगी से ऊब गई थी। शायद वह था तो उसका पति, पर क्या…नहीं…हाँ उसको उससे कोई प्यार नहीं था। पर नफरत भी नहीं थी। "बिट्टू पिता को खबर कर देना हम जा रहे हैं।"

बिट्टू ने सुनकर भी अनसुनी कर दी। नई जिंदगी की शुरुआत में उनकी क्या जरूरत थी।

□

उसको स्टेशन पर पहुँचानेवाली ट्रेन अब रफ्तार पकड़ स्टेशन को छोड़ रही थी। ट्रेन के रुकते ही जो कोलाहल था, अब धीरे-धीरे थम रहा था। सभी यात्री अपने गंतव्य के लिए बढ़ चले थे। वही शायद अकेला रह गया था।

उसको एक आदमी ने हिलाया। "लो बाबा खाना ले लो।"

"दोस्त एक मदद और कर दो।"

"बोलो!"

"यह मेरे ऊपर तुम्हारा उपकार रहेगा।" बुझी हुई आवाज में बोला। आवाज भी एक गहरे कुएँ से आती प्रतीत हो रही थी।

"उपकार! अरे दोस्त बोलते हो और उपकार की बात करते हो। बोलो मैं तुम्हारे किस काम आ सकूँ?"

"बस कलकत्ता का एक टिकट कटा दो और दो-तीन सौ रुपए दे दो। पचास सौ रुपए मेरी जेब में हैं। मैं अपने बेटे और बीवी को

ढूँढ़ने जाऊँगा। बेटे को समझाऊँगा कि उड़ीसा में मैं खुश नहीं था। यहाँ तो पूरा परिवार साथ था, दु:ख-दर्द बाँटने के लिए, वहाँ तो मैं बिलकुल अकेला था।'' उसकी आँखें शून्य में कुछ खोजने लगीं। आवाज भर्रा गई। अकेलेपन की त्रासदी और अपनों से बिछुड़ने का गम उसकी आवाज में स्पष्ट आ गया।

''और अगर वे न मिले तो···।'' दोस्त नहीं चाहते हुए भी पूछ बैठा।

वह काफी देर तक फोटो को देखता रहा, फिर बोला, ''मैं वापस उड़ीसा चला जाऊँगा। मेरी नौकरी है। एक छोटी सी चाल है। रामू मेरा पुराना साथी, जिसके साथ मैं शुरू से रहता हूँ। उसी के पास चला जाऊँगा। और कौन है मेरा।'' और बात करते-करते वह खो गया।

स्टेशन पर काफी भीड़ थी। अनजान चेहरे, अनजान जिंदगियाँ, अनजान मुलाकातें। इन सबके बीच वह दुबककर बैठ गया। ऐसे भी उसको अपने आप पर और अपने कपड़ों पर शर्म आ रही थी। टिकट को उसने कसके पकड़ा हुआ था। एक उड़ती-उड़ती निगाह उसने शहर की तरफ डाली। उचाट सी निगाह में खामोशी और उदासी थी। अचानक आँसू ढलके, मानो उसके अंतर्मन के दु:ख को बहा ले जाना चाहते थे, पर अंदर की पीड़ा को उसने बड़े हुनर से सहेजकर समेट लिया।

वह यह शहर हमेशा के लिए छोड़कर जा रहा था। यहाँ का घर अब उसके पीछे छूट गया था। शहर से क्या मोह, जब कोई अपना वहाँ न हो। वह जरूर अपनी बीवी को खोजेगा। उसको समझाएगा। अपने साथ लेकर आएगा।

ट्रेन ने सीटी दी। उसका अतीत पीछे छूटता जा रहा था। ट्रेन धीरे-धीरे आगे बढ़ती जा रही थी। कल फिर यहाँ से ट्रेन गुजरेगी, पर वह न होगा।

ट्रेन मजार के सामने से गुजरी। फकीर बैठा गा रहा था। ''तमाम

उम्र बीती खाक छानने में, दु:ख तो तब हुआ, जब खाक भी न मिली।''

उसकी आँखों से बड़े-बड़े आँसू ढुलक आए। वह उस जज्बात को न थाम पाया। लोग पीछे छूटते गए। शहर पीछे छूटता गया। जिंदगी अपनी रफ्तार से आगे बढ़ती गई। वक्त बीतता गया और थके-हारे इनसान की तरह वह हताश, उसे अपने हाथ से फिसलते हुए महसूस करता गया। मानो कहीं चुपके से उसके हाथ खाली हों और एक मुट्ठी रेत उसमें से सरककर कहीं दूर, बहुत दूर गिरकर अनंत में विलीन हो गई थी।

□

4

गम

उसकी पत्नी मर गई, वह भी अचानक। न कोई ऐसा रोग न व्याधि। शायद किसी दिन किरोड़ी से कस के झगड़ा हुआ होगा और बीवी ने जहर खा लिया होगा। वैसे उसकी संभावना भी बहुत क्षीण प्रतीत होती है, क्योंकि किरोड़ी और ज्योति को अच्छे से जाननेवाले लोगों का कथन था कि किरोड़ी ज्योति से बहुत प्रेम करता था और जहर-वहर, झगड़ा-वगड़ा जैसी संभावना से दूर-दूर तक इनकार ही किया जा सकता है।

दोनों के विवाह को कुल जमा तेरह वर्ष हुए थे और इन तेरह वर्षों में किसी ने ज्योति को अपने पति से लड़ते हुए नहीं सुना था। ज्योति भी लंबी, हँसमुख महिला थी और ऐसी उर्वरा धरती, जिसमें गुण-ही-गुण भरे हुए थे। गुणों की खान कहना अतिशयोक्ति न होगी। हर शख्स उससे प्रभावित था। ज्योति मानो घर की जान थी।

अब ऐसी जानदार चीज का तो शानदार अंत होना ही चाहिए। जब तक हल्ला न उठे, तब तक वैसी मौत का फायदा भी क्या है? मौतें ऐसे भी दहला देती हैं, फिर ज्योति की मौत तो साक्षात् यमराज की पहल थी। वरना इतना असामयिक भी कोई जाता है, वह भी बिना

ईश्वर से पूर्वा आदेश के बिना। भगवान् भी शायद उसकी उपस्थिति अपने सम्मुख देख सकने की स्थिति में आ गए होंगे। अब अगर एक बार इनसान का पत्ता कट जाता है तो फिर ठीक-ठीक उसके गंतव्य का ज्ञान नहीं होता। स्वर्ग-नरक या मोक्ष के बीच उसका भाग्य टाल दिया जाता है, पर पृथ्वी छोड़ते वक्त बेचारी आत्मा को भी ठीक-ठीक अपना पता-ठिकाना ठीक से ज्ञात नहीं होता। वैसे ज्योति की एक मित्र निशा से पंडित इतना प्रभावित हो गया कि उसको तो बोल ही दिया कि उसे मृत्यु के बाद मोक्ष प्राप्त हो रहा है। पति अगले जन्म में अर्द्धांगिनी-रहित होने के भय से उसके प्रति ज्यादा समर्पित हो गया। तब उसको उसके एक मित्र ने चेताया कि वत्स काहे विलाप करते हो। पत्नी से अनर्गल वार्त्तालाप करते हो। अच्छा है, उसको तो जीवन-मृत्यु के आवागमन से मुक्ति मिलेगी। तुम भी कम भाग्यशाली नहीं हो, जो एक ही पत्नी से मुक्ति मिलेगी, अरे हर जन्म में एक ही को भोगते-भोगते क्या नहीं हो जाओगे परेशान। अरे, इस जन्म में अनेक का रसास्वादन न कर सके, पर अनेक को भोगने का सुख तो है मूर्ख, सहज-सुलभ प्रदान हो जाएगा। अगले जन्म में एक नई बाला का संसर्ग तुझे भाएगा। अरे छोड़ अपनी पत्नी का मोह, मोह तो माया का जंजाल है, जब वह मोक्ष के लिए तुम्हारा तिरस्कार कर के चली, तू भी अपने जीवन में ढूँढ़ो एक नई कड़ी। जो गई वह उन्नीस थी, इसी जीवन में कर ले बीस की साध पूरी। निशा के पति को तब ज्ञान आया, गौतम बुद्ध की तरह ज्ञान की ज्योति जलाई।

पर देखिए! थी विडंबना कैसी? निशा के पति की ज्योति के पति से मुलाकात बढ़ी। ज्ञान का दीप जो था, निशा के पति के मन में जला, उसका संचार ज्योति के पति में तत्क्षण हुआ। अत: उसका अपनी पत्नी से प्रेम बढ़ा, ज्ञान का बोध होने के बाद वियोग ने स्थान न लिया। तेरह साल का संबंध तेरह दिन के लिए मातमपुर्सी न बना।

जब ज्योति का स्थूल मोटा शरीर, जो बीमारी से बहुत कुछ जल चुका था, जलाया गया, तभी कामदेव की ज्वाला का किरोड़ी के शरीर में जलजला आया।

दिल के किरोड़ी ने लोगों को समझाया, बस इतना ही था साथ हमारा, बहुत ही करीब थी। इतने अधिक घी के दीये मैंने ईश्वर के सम्मुख जलाए, पर निष्ठुर वह इतनी निकली। हर प्रेम आग्रह ठुकराया। छोड़ गई मुझे वह मझधार, बीच गंगा की धार। फिर रुककर वह थोड़ा जोर से चिल्लाए।

अब मेरा क्या होगा ज्योति? क्या होगा ज्योति? यूँ भी क्या कोई अपना जाता है। हे ज्योति! अब मैं किसको देख जीवित रहूँगा?

ये घर कैसे चलेगा? बच्चे कैसे रहेंगे? हे निष्ठुरे! जब तुझे जाना ही था तो मेरे जीवन में आई क्यूँ थी? मेरे प्रेम में क्या कमी निकली, जो तूने दुनिया छोड़ी। अब मेरा क्या होगा ज्योति, क्या होगा ज्योति!

उसका रुदन चलता रहा, उसको देख लोगों का कलेजा हिला। अरे बड़ा प्रेम था अपनी पत्नी से, अब दुःख का पहाड़ टूटा। लगता है, यह सिरफिरा हो गया।

लोग आते, सहानुभूति करते और चले जाते।

बेचारे और करते भी क्या, ज्योति का यूँ ही जाप चला। कोई कर भी क्या सकता था। बेचारा! मृत्यु पर कब किसी का जोर चला है।

नश्वर शरीर फूँकने के बाद बारी आई काम-क्रिया की। खर्च देख किरोड़ी का और दिमाग फिरा।

दस दिन फालतू में ही हो जाएँगे बरबाद। छुट्टियों को क्यों यूँ निरर्थक गँवाएँ। अरे जिसको जाना था, वह तो रूठ करके चली ही गई। अब जीवित लोगों के निमित्त धन क्यों यूँ बरबाद करें। क्या तेरहवीं, क्या दसवीं सब हैं धर्म के चोंचले। सीधा-सीधा आर्य समाज को अपनाएँ और चुपचुपाते चार दिन में हवन करें। जब उसको मात्र

चार दिन नश्वर शरीर त्यागने में लगा तो चार दिन आत्मा की शांति के लिए हैं।

हवन में घी की व्यवस्था करनी पड़ी। महँगाई का जमाना है, वह दिन लद गए, जब सर्वत्र घी की पुकार थी। अब तो जीवित भी डालडा खाकर गुजर-बसर करते हैं तो मुर्दों को घी क्यों पिलाया जाए, मुर्दा भी क्या खाक जिया करते हैं। पूरी बिरादरी को उसकी बात पते की लगी और सबने मिलकर अपनी सहमति दी।

झटपट सारा काम खत्म हुआ और दिनचर्या का फिर से शुभारंभ हुआ। ज्योति को जहाँ जाना था गई, फिर से धर्मपत्नी प्राप्ति की नई शुरुआत हुई। हिंदू धर्म में जीवन के हैं चार उद्देश्य—अर्थ, धर्म, काम और मोक्ष।

ऑफिस के काम में तो किरोड़ी लग गए, पर तेरहवें दिन बाद अपने सिद्धांतों से फिसल गए। अब पहाड़ सा जीवन है चलना दुश्वार। नाते-रिश्तेदारों की भी सहानुभूति जगी। बेचारा किरोड़ी, सब तरफ यही ध्वनि प्रतिध्वनित हुई।

उसका कुछ तो इलाज करना है। एक बूढ़ी की नेक सलाह पर चलना है, अरे रख लो महाराजिन, जो घर का काम निपटाए, जो बेचारे किरोड़ी को बढ़िया-बढ़िया माल पकाकर खिलाए।

महाराजिन से भोजन की समस्या का अंत हुआ, अब बात आई बरतन माँजने और कपड़ों की इस्तिरी करने और घर के अंतहीन कामों का सृजन।

अरे ज्योति इतना कुछ अकेली करती थी। ज्योति-ज्योति करके किरोड़ी का कंठ सूखा है। महाराजिन से लेकर धोबिन तक का इंटरव्यू हुआ, पर बात कहीं भी ठीक-ठीक न जमी।

अरे किसको रखेंगे, किसको नहीं और किरोड़ी के हिसाब में हुई भारी गड़बड़ी और इतना अगर घर को सँभालने में खर्च कर देंगे तो

फिर बचेगा क्या! और किरोड़ी को अंदर से ज्योति के लिए एक हूक उठी और अंदर से एक नई सलाह उभरी।

भाड़ में गई बूढ़ी, भाड़ में गई उनकी सलाह, जो स्वयं मरने की कगार पर खड़ी है, वह क्या जाने जीवन का मर्म। जीवन में सबकुछ नरम-नरम है।

तेरह सौ अगर देंगे महाराजिन को तो इससे तो हर हाल में सस्ती पड़ेगी एक बीवी। तेरह सौ रुपए तो वह महीने में क्या, जिंदगी में खर्च न करेगी।

किरोड़ी के दिमाग में दूर की कौड़ी सूझी, उसने भी जोर से कस के अपनी ही पीठ ठोकी।

दूसरे दिन अखबार में यह खबर छपी, किरोड़ीमल को एक अदद बीवी की है तलाश। पहली वाली की सबकुछ जमा-संपत्ति होगी उसके नाम। दो अदद बच्चे हैं पहली से गले-पड़े, उनको नानी के यहाँ भेज दूँगा खेल तमाम।

और किरोड़ी के पूर्ण आश्वासन पर मिल गई एक सुंदर दुलहन। अभी पहली को गुजरे एक बरस भी नहीं हुआ कि दूसरी वाली की कोख है हरी। सुनते हैं कि घर में ढोल-मजीरे बज रहे हैं और दिल खोलकर मिठाइयाँ बाँटी जा रही हैं।

दूसरी ने किरोड़ी की तिजोरी जी भर के है खोली। किरोड़ी भी चुप हैं—कहीं फिर से यह गुजर गई तो करनी पड़ेगी तलाश भारी। चुप रहने में ही भलाई है, बीवी तो बीवी है, उसका हर गिला क्या सिर्फ बेवफाई है?

□

5

नजराना

'तोहफा कबूल हो।' बतौर नजराना शाहिदा बेगम आपको पेश की जाती है। पंचायत सजी थी। महफिलें और मजलिसों की तरह गाँव में पंचायत भी अजायबघर से कम न थी। कमजोर दिलवालों को तो पानी चढ़वाने की नौबत आ जाती थी। वह तो भला हो अस्पताल के चपरासी का कि वह भी घर में पानी चढ़ा देता था, नहीं तो डॉक्टर के इंतजार में तो कितनी खुदा के यहाँ पैदल ही चल देती, पर मुआ उनकी खुशनसीबी कि आज तक इस गाँव में पंचायत के फैसले पर कोई जनाजा नहीं निकला है।

पर सरहद पार गाँव की औरतों की स्थिति सुनते हैं बद से बदतर थी। घर की लड़की घर की इज्जत थी, यह बात और है कि बात-बात में इज्जत को सरेआम घसीट लिया जाता था। अभी कुछ ही दिन पहले की बात है। सुनते हैं बबली ने मनोज को दिल दे दिया। अब मुआ दिल ही तो है, दे दिया कोई कीमती चीज का नजराना थोड़े ही पेश किया।

आँखों के रास्ते बात दिल पर ठहर जाए तो बस किसका! एक दिन कुछ यूँ ही शाम-वाम का वक्त होगा कि बबली और मनोज से

रहा न गया और उन्होंने भाग जाने की सोची। ऐसा कितनी बार उन्होंने सोचा होगा कि भाग जाए, इसका कोई हिसाब नहीं। ऐसा फिल्मों में उन्होंने अकसर देखा था कि हीरो-हिरोइन भाग जाते थे और ऑल सी वेल हो जाता था।

पर इधर उनके नसीब में कुछ और ही लिखा था। पूरी जिंदगी तो सिर्फ नसीबों का खेल है। जिसके नसीब में जो लिखा होता है, वही होता है। उनके कुछ अच्छा नहीं लिखा था।

उस दिन कुछ विशेष नहीं हुआ, जिस दिन वह भागे थे। गाँव में पहले-पहल तो सन्नाटा पसर गया। फिर सरगर्मी तेज हुई। बबली ऊँचे खानदान से थी। उसके भाई इस गाँव में मान-सम्मान रखते थे। वहीं मनोज का भाग्य कि वह निम्न जाति का था और उसमें भी गरीब। न जाने जातियों ने कितनों के दिल तोड़ कर रख दिए। क्या हुआ कि अगर ऊँचे खानदान में नहीं पैदा हुए। ये भी तो भाग्य की बात है, पर फिर ऊपरवाले ने इतनी गड़बड़ जोड़ी क्यों बनाई। बबली और मनोज के दिल में अरमान क्यों जागे और वह बिना सोचे-समझे यूँ ही भागे।

उनके इरादे नेक थे। उनका सपना था, विवाह करना और वह दोनों दूसरे दिन पवित्र रिश्ते में बँध गए। शादी दोनों ने भगवान् के सामने की थी। दो शरीर और एक आत्मा के सिद्धांत को फलीभूत किया था। जिसको ईश्वर का आशीर्वाद मिल गया हो, उसे जमाने की क्या चिंता! पर नहीं, यही भूल दोनों कर गए।

ईश्वर के नियम कुछ और होते हैं और उसकी सृष्टि में कुछ और। उसकी सृष्टि में जाति और सभ्यताएँ भिन्न-भिन्न मतांतर रखती थीं, पर पंचायत पंचपरमेश्वर थी। उसका निर्णय सबको मान्य था। लड़की के घरवालों ने बात पंचायत में उठाई, तर्क-वितर्क हुआ, ढेर दलीलें दी गईं। बात कभी-कभी वाद-विवाद पर आकर ठहर गई। बहुत प्रतिवाद हुआ। लड़के के माता-पिता ने तमाम दलीलें दीं। अपने बेटे

की जान की गुहार लगाई, पर पंचपरमेश्वर का हृदय न पिघला। हृदय होता तो पिघलता। यहाँ बात जान की थी, यहाँ तो बात नाक की थी और अपनी नाक के लिए तो अच्छे-अच्छे जान गँवाना पसंद करेंगे। फिर गाँव में इतना बड़ा दुस्साहस करने का साहस वह दोनों बदनसीब कैसे कर गए! ऐसा भी कहीं होता है। अगर इज्जत मटियामेट हो गई तो सबकुछ स्वाहा!

अतः उस दिन तो पंचों ने अपना निर्णय सुरक्षित रख लिया था। राय-मशविरा और आपस में बातचीत कर दूसरे दिन के लिए सभा स्थगित हो गई।

पूरी रात गाँव में खुसर-पुसर होती रही। कोई भी नहीं सोया, सभी का ध्यान पंचों के निर्णय पर था। बबली और मनोज की आँखें तो पूरी रात सारे धाय-उपाय कर रही थी। मन्नत-मनौतियों का सिलसिला चल रहा था। बच्चे हैं गलती हो गई। उसके लिए कोई बच्चों की जान थोड़े ही लेता है। बबली की माँ तो मनोज को अपनाने के लिए तैयार थी। क्या हुआ जाति नीची है, पर लड़का तो नेक है। अच्छे पद पर है। लड़की को अच्छे से रखेगा। क्या हुआ जाति तो नीची है, सिर्फ उपनाम को छोड़ देगा।

पर शायद ईश्वर भी बबली और मनोज की माँ के साथ नहीं थे। होनी को कुछ और ही मंजूर था। और वही निर्णय हुआ, जिसका डर था।

सरपंचजी ने ऐलान किया कि चूँकि उन लोगों ने सदियों से स्थापित मूल्यों को तोड़ा है और परंपराओं का निर्वाह नहीं किया, अतः यह पंचायत दोनों को सजा-ए-मौत का हुक्म सुनाती है। उनको ऑनर किलिंग दी जाए।

सजा सुनाते-सुनाते पंच भी कठोर हो उठे थे। उनका रक्त का हृदय पाषाण हो उठा था।

जब कुछ अच्छा होने को होता है तो हृदय मयूर हो उठता है, पर कुछ बुरा होने पर रोआँ काँप उठता है। बबली और मनोज की माँ का तो रात से कंठ ही सूखा हुआ था और इस निर्णय पर तो दोनों के नीचे से जमीन ही खिसक गई। अपने मासूमों के लिए इतना कठिन निर्णय मिथ्या निकल जाए, वह इसकी ही उम्मीद कर रही थी।

निर्णय सुनते ही कस के चीत्कार कर वह धरती पर ढेर हो गई, पर पिता का दिल कब पिघला है। बबली को ऐसी ही सजा मिलनी चाहिए थी। उसने सबका सर शर्म से नीचा कर दिया है। उसका ऐसा ही हश्र होना चाहिए। बबली के भाई और उसके दोस्त सब मुस्तैद हो गए कि दोनों जहाँ मिलेंगे, वहाँ ही उन्हें खत्म कर देंगे।

और ऐसा ही हुआ। एक दिन उन्हें बबली और मनोज बाजार में मिल गए और शाम तक उनकी इहलीला समाप्त हो गई।

पहले-पहल निर्णय सिर्फ मनोज को खत्म करने का था, पर बबली को घर में स्वीकार करने की सद्इच्छा कोई भी नहीं रखता था। अतः बेहतर था कि एक साथ मारकर दोनों को खड्डे में डाल दें। कुत्ता, सियार नोच-नोचकर बोटी-बोटी खा जाएँगे। अंतिम संस्कार का भी खर्चा-पानी बचा।

ऐसा सिर्फ इस पार ही नहीं होता था। सरहद पार की भी कहानी कोई अछूती नहीं थी। उधर शाहिदा बेगम पंचायत के बीचो-बीच गुड़मुड़ाई हुई बैठी थी। एक कम उम्र की बेहद कमसिन महिला, उसका शौहर आफताब कुछ ही दूरी पर बैठा पंचों के निर्णय को आत्मसात् करने के लिए तैयार था।

शाहिदा का शौहर कुछेक महीने के लिए शहर काम की तलाश में गया था। उसके निकाह को कुछेक महीने बीते थे। इतनी हसीन पत्नी को बेगम बना वह काफी खुश था। पर मानो उसकी खुशी को ग्रहण लग गया। उसके पिता की गंदी नजर शाहिदा बेगम को लग गई।

और वही होता है, जो किसी भी महिला को झेलना पड़ सकता है।

एक दिन जब घर में कोई नहीं था तो शाहिदा के ससुर ने उसकी इज्जत पर हाथ डाल दिया। बात यहीं तक रहती तो कोई गम न था। शाहिदा पेट से हो गई। और ये खबर नामुराद गाँव में फैल गई। फटाफट पंचायत बैठ गई। वह हैं तो समाज नियंत्रित चल रहा है, नहीं तो पूरा समाज ढरढरा कर गिर जाएगा। जितनी चिंता और हिमायती यह पंचायत है, उतना तो पूरा गाँव नहीं था।

और उनका निर्णय आ गया। शाहिदा का यूँ ही संबंध अपने ससुर से बन चुका था और वह उसके बच्चे की माँ बननेवाली थी। अत: उसे बतौर नजराना अपने ससुर के चरणों में पेश होना था। उसका और आफताब का संबंध अब माँ-बेटे का होगा।

शाहिदा निर्णय सुन पहाड़ सी गिर पड़ी। उसके आगे से तो धरती ही डोल गई। आफताब के पिता को एक और औरत से फर्क ही क्या पड़ता है!

औरत तो पैर की जूती होती है। जहाँ चला दो चल गई या फिर घर की इज्जत होती है, जो बात-बात में नीलाम हो जाती है।

सरहदें दिल तोड़ती हैं, पर सरहदों के पार कुछ नहीं बदला है। औरत उधर भी और इधर भी मात्र हाड़-मांस का पुतला होती है। जिसको जहाँ चाहो चला दो, चल गई।

औरत तो मात्र नजराना होती है। पुरुष उसको कबूल करे या फेंक दे, सर पर चढ़ा ले या पैरों की जूती बना दे। वह तो हमें सदियों से बतौर नजराना पेश होती आई है।

□

6

तुम बिन

राहुल आज काफी दिनों के बाद दीदी के कमरे में गया था। सबकुछ सूना और एकांत सा लगता था, कमरे में आकर मानो वक्त ठहर गया था। वह कोने वाली टेबल दीदी के लिखने की हुआ करती थी। उसपर बैठकर वह घंटों लिखा करती थी। रात में अकसर देर तक लैंप जला करता था। दीदी को लिखना-पढ़ना अच्छा लगता था। चूँकि दीदी उम्र में उससे काफी बड़ी थी, अतएव वह कभी दीदी से यह न पूछ पाया कि उनको क्या लिखना अच्छा लगता है और क्यूँ?

दीदी हर काम तरीके से करती थी। शायद हर चीज में वह काफी वक्त लगा कर तन्मयता से लिखती थीं और सबकुछ वैसा ही ठहर गया था जैसा वह छोड़कर गई थी। एक तरफ पढ़नेवाली किताबें दूसरी तरफ डायरियाँ। उसकी बगल में लैंप और ढेर सारे पेन। दीदी और उसकी एक बेहद सुंदर फोटो उन सब निर्जीव चीजों को जैसे जीवित सा कर रही थी। यह वाली फोटो पापा ने तब खींची थी, जब दीदी की दो कविताएँ एक लोकल मैगजीन में छपी थीं।

''दीदी देखो, आपकी कविताएँ!''

''अच्छा छप गईं!''

और उसको देखकर पूरा घर खुश हुआ था।

''दीदी मेरे को क्या दोगी तुम आज, जब 'और बेटी खो गई' तुम्हारी कविताएँ छपकर आई हैं।''

दीदी इठलाकर बोली थी, ''हट पगले, मैं तुमको क्या दे पाऊँगी।'' फिर चिढ़ाते हुए बोली थी, ''मेरे हस्ताक्षर लेकर रख लो। एक दिन जब मैं बहुत बड़ी लेखिका बन जाऊँगी, तब देखना यह कितने काम आएँगे।'' और दीदी ने मैगजीन के ऊपर अपने हस्ताक्षर कर दिए थे।

राहुल ने भी काफी देर तक दीदी का मजाक उड़ाया था। जाने कौन सी कविताएँ थीं और कैसे छप गई थीं, वह काफी देर तक हँसता रहा था। वह किताब उसने कहाँ उठाकर फेंक दी थी, इसका उसको उस समय एहसास नहीं था। आज वह बेसब्री से उसको ढूँढ़ने के लिए इस कमरे में लगा हुआ था।

''राहुल क्या कर रहे हो?''

''कुछ नहीं पापा, बस मैं अभी आया।'' और पापा के डर के मारे वह अलमारी बंद करने लगा। इसी में दीदी की चिट्ठियाँ और मनोज के साथ उनके फोटो गिर पड़े।

जब से दीदी गई हैं, कोई इस कमरे की तरफ नहीं आता है। सुबह-सुबह सुक्कुबाई आकर इस कमरे को झाड़ जाती है और उसके जाने के बाद माँ इसको दिन भर के लिए बंद कर देती है।

शायद उसने मम्मी को तकिए से चिपककर रोते देखा है। बाथरूम में भी मम्मी कभी-कभी वक्त लगाती है। तब पानी की धार से छन उनकी सिसकियों की आवाज आती हैं। एक बार तो जब उसने मम्मी को दरवाजा खोलने के लिए खटखटाया तो मम्मी की आँखें सूजी और लाल थीं, पर पापा के डर के मारे कोई भी दीदी का जिक्र इस घर में नहीं करता, वह हमेशा कक्षा में अव्वल आती थीं। टीचर के साथ-साथ वह घर में भी सबकी प्रिय थीं। सबको उनसे बेहद उम्मीदें थीं।

मनोज बारहवीं कक्षा में उन्हीं के साथ पढ़नेवाला सहपाठी था। दोनों बचपन से ही एक साथ पढ़े थे। मनोज के पिता भी राहुल के पिता के साथ बी.सी.सी.एल. में काम करते थे, इसलिए दोनों ही परिवारों ने उन लोगों की दोस्ती पर कभी आपत्ति नहीं की थी।

मनोज भी स्वभाव का सुसंस्कृत और विद्वान् लड़का था। पढ़ने में वह भी अच्छा था और जिंदगी उसके आगे बाँहें खोलकर असीम संभावनाओं के साथ खड़ी थी। ऐसा लगता था कि वह भी गगनचुंबी ऊँचाइयों को छू लेना चाह रहा हो।

सबकुछ ठीक चल रहा था। बीच में दीदी और मनोज स्कूल की टीम के साथ देवघर भी घूमने गए थे। चूँकि बारहवीं की परीक्षा सर पर थी, अतः दीदी भी पढ़ाई में मशगूल हो गई थी।

परीक्षा खत्म होने के बाद दीदी मौसी के यहाँ छुट्टियाँ बिताने चली गईं। वह पता नहीं किस मुहूर्त में इस घर से गई थीं कि फिर वापस ही न आ सकीं।

मौसी का तार मम्मी के लिए, ''दीदी जल्दी आ जाओ, कुछ विशेष है।'' और मम्मी फटाफट सामान बाँधकर निकल गई थीं। निकलते वक्त उनके चेहरे पर चिंता की रेखाएँ स्पष्ट थीं। उसके बाद क्या हुआ, कभी मुझे ठीक से पता नहीं चल पाया, पर मम्मी–पापा के संवाद से स्थिति की गंभीरता का एहसास सदैव होता था।

आज इतने सालों के बाद सोचता हूँ तो पाता हूँ कि दीदी से गलती अवश्य हुई थी। दीदी की उस गलती ने उनके साथ छलावा किया था। कभी–कभी सारे रिश्ते इतने बेमानी हो जाते हैं, पर हम सर्वदा यह भूल जाते हैं कि जिंदगी की हर भावना की तुलना अगर हम मौत से करें तो वह कितनी तुच्छ हो जाती है। जिंदगी भुलावा जरूर है, पर मौत तो भयावह है। जिंदगी जोड़ती है और मौत हमेशा के लिए रिश्तों को तोड़ देती है।

पापा ने फोन पर कहा था, ''छोड़ दो उसको। जो भूल उसने की है, हम उसके लिए उसको कभी माफ नहीं करेंगे। नहीं, मैं उसको वापस इस घर में नहीं ला सकता।''

मम्मी मौसी के यहाँ से खाली हाथ वापस आई थी। मम्मी के बहुत समझाने पर पापा मनोज के पापा से मिलने गए थे, पर वह साफ मुकर गए।

''अरे शर्मा साहब! अब आप किसलिए मेरे पास आए हैं। अपनी बेटी की जवानी तो आपसे सँभलती नहीं तो उसको घर बैठा के रखिए। आज मेरे बेटे के साथ ऐसा हुआ है, कल को किसी और के साथ वह अपना मुँह काला करेगी तो क्या आप उसको हर शरीफ एवं इज्जतदार घर की बहू बनाते फिरेंगे।''

पापा को भी तैश आ गया।

''बत्रा साहब गलती तो आपके बेटे से भी हुई है, फिर सिर्फ मेरी बेटी ही क्यों भुगते। मेरी इज्जत का भी खयाल कीजिए।''

''इज्जत, अरे इज्जत होती तो बेटी को सँभालकर रखते। यूँ मुँह मारने के लिए खुला न छोड़ देते। जाइए, अपनी इज्जत को घर में बाँधकर रखिए।''

और पापा अपना सा मुँह लेकर वापस आ गए थे। काफी दिनों तक घर में कोई कुछ न बोला, पर एक दिन पापा ने कह दिया, ''सुप्रिया को बोलो कि उसे जो करना है करे, हमारा उससे कोई सरोकार नहीं।''

''हम ऐसा कैसे कह सकते हैं! वह हमारा खून है।'' मम्मी ने पापा को काफी समझाने की कोशिश की थी।

''तो तुम भी जाओ अपने खून के साथ, मुझे बख्श दो। दुनिया का यह अपमान मुझे असहनीय है।''

मम्मी ने भी मजबूरन यह बात मौसी को कह दी थी।

पर शायद दीदी अपनी भूल को भूल न पाईं, न ही किसी ने उन्हें भूलने दिया। और एक दिन अपमान और तिरस्कार की भावना से ऊपर उठ गईं। नींद की गोलियाँ खाकर उन्होंने अपने प्राण दे दिए। शायद उनके पास और कोई रास्ता भी न था या शायद रास्ता बनाने और समाज से लड़ने की ताकत उनमें खत्म हो गई थी।

यह खबर सुनकर मनोज भी घर आया था। काफी देर बाहर ड्राइंगरूम में बैठा रहा और रोता रहा, "ये गलती अकेले सुप्रिया की नहीं थी, मैं भी उसमें भागीदार था, फिर सिर्फ वह क्यों? सिर्फ उसे ही समाज ने यह सजा क्यों दी?"

उस समय मैं चीखना चाहता था। मनोज से लड़ना चाहता था। पूछना चाहता था कि उसने ऐसा क्यों किया? क्यों दीदी की जिंदगी से खिलवाड़ किया? पर आज दीदी के कमरे में उनकी मेज के पास खड़े होकर मुझे शायद सारे प्रश्नों के उत्तर मिल गए हैं। उस वक्त जो मेरी नासमझी थी, आज अनुभवों के ढेर पर एक निश्चय बन गया है।

मनोज पुरुष था, एक कायर पुरुष! दंभ से परिपूर्ण, पर वीरता से शून्य प्रकृति का एक हास्यास्पद सृजन! पहले मेरे को अपनी दीदी के लिए दु:ख होता था। उनके खो जाने का एहसास यदा-कदा अश्रुओं की धारा बनके बह निकलता था।

पर नहीं, आज इस कमरे में होने पर मेरे को अपनी दीदी पर गर्व है। गलती किससे नहीं होती। यदा-कदा सभी कोई-न-कोई भूल अवश्य करते हैं। सिर्फ इतना होता है कि समाज के नियम किन्हीं भूलों का भारी मूल्य माँगते हैं। मेरी दीदी ने भी अपनी भूल का मूल्य प्राण दान देकर चुकाया।

और मैं दीदी की कविता की किताब को और जोरों से ढूँढ़ने लगता हूँ। सामने एक पन्ना फड़फड़ा रहा है, जिसमें दीदी की एक लिखी

हुई कविता फड़फड़ा रही है। शायद कैद से बेचैन हो खुली हवा में, स्वच्छंद वातावरण में उड़ने के लिए बेसब्र हो रही है—

तुम बिन मैं जाऊँ कहाँ
इस सूने वीराने जग में
अकेले मैं जी पाऊँ कहाँ
तुम्हें ढूँढ़ता मन ये मेरा
भटक गया यों

दीदी की आत्मा उस पन्ने में छटपटा रही थी। आज मैं उनकी घुटन को महसूस कर रहा था। उन्होंने तो शायद मनोज के सच्चे आश्वासन पर या फिर उसके बहकावे में आकर कोई भूल कर दी थी। पर एक क्षत्राणी, राजपूतानी की तरह वीरभूमि में हार न मानते हुए अपने प्रेम पर प्राण की आहूति दे दी थी। मनोज से आज मुझे घृणा हो रही थी। जग में पीठ दिखाकर भागनेवाला एक भगोड़े सैनिक से अधिक वह कुछ न था। आज चाहे पूरा समाज मनोज को स्वीकार कर ले, पर वह मेरी निगाह में गिर गया था। उसकी तो जिंदगी भी एक सजा-ए-मौत से कम नहीं थी। वह मेरी दीदी का गुनहगार था। पूरा जीवन दीदी की आत्मा उसका पीछा करती रहेगी।

मैंने उस कागज पर से पेपरवेट हटा दिया। वह उड़ता हुआ खिड़की से खुले आसमान में चला गया, बिलकुल मेरी दीदी की तरह। उस कमरे की खिड़कियों को कस के बंद करके, दरवाजे को सटाकर मैं बाहर आ गया। दीदी की यादों को एक छोटे से कमरे में सँजोया हुआ छोड़कर। आज मैं अपनी दीदी के लिए गर्व से रो सकता था और मैं रो दिया, पर उस नई पहचान में वह पुराना बंटी खो गया। □

7

रिश्ता

ऑपरेशन थियेटर के बाहर माँ और बहन उपस्थित थे। ऐसी हालत में ज्यादा भीड़ मुकम्मिल बढ़ाना मुनासिब न था। रितु की माँ ने कोशिश की थी कि बात जितनी दबी रहे, उतना अच्छा है। ऐसे भी इस बच्चे का जन्म कोई खुशियाँ मनाने के लिए नहीं हुआ था। नाजायज संतान थी। रितु की माँ ने अनेक प्रयत्न किए कि बच्चा न बचे, पर जीवन और मृत्यु का नियंता तो शायद कहीं और बैठा है, हम सब पहले से निर्धारित भूमिका अदा कर रहे हैं। रितु भी शायद यही रोल अदा कर रही थी, क्योंकि न चाहते हुए भी सबकुछ अप्रत्याशित घट गया था उसकी जिंदगी में और जब तक होश आया, तब तक गर्भपात भी नामुमकिन हो गया था। पाँचवें महीने में दिखाया था पर तब तक डॉ. सहाय ने उसकी राय न दी।

"अब जो भी है, जैसे भी है स्वीकारना होगा। बहुत-से-बहुत बच्चा होने के बाद उसे अनाथाश्रम में दे दीजिएगा। मेरे पास ले आइएगा, मैं डिलिवरी कराके बच्चे से छुटकारा पाने का उपाय कर दूँगी।"

और कोई चारा भी न था सिवाय डॉ. की राय मानने के। डॉ.

बोली, ''अब बात इतनी आगे बढ़ चुकी है कि माँ-बच्चे दोनों को ही खोना पड़ेगा।''

और रितु की माँ रितु को खोना नहीं चाहती थी, ''अब जो भी हुआ डॉक्टर साहब। मेरी बेटी को बचा लीजिए। इसकी जान और इज्जत दोनों आपके हाथ में है।''

माँ के साथ डॉक्टर ने भी बहुत पूछा, ''ये गलती कैसे हुई।'' पर रितु ने तो जैसे मौन धारण कर लिया था।

एक हँसती-खेलती बारह-तेरह साल की लड़की तो जैसे हँसना-मुसकराना भी भूल गई थी।

''ये ऐसी न थी डॉक्टर साहब। खेतों में तितलियाँ पकड़ती थी। हवाओं से बातें करती थी, झरनों से किलकारियाँ लगाती थी। गाँव में लड़कों के साथ गुल्ली-डंडा खेलती थी, पर ऐसा तूफान आया कि मेरा सबकुछ लूट ले गया। मैं बरबाद हो गई।''

डॉ. की आँखों में करुणा थी, पर इस दोराहे से निकलने का कोई सरल उपाय न था। वह तो सिर्फ सांत्वना ही दे सकती थी और वही दे रही थी। फिर भी ऐसे केसेज में जैसा होता है, एक जिज्ञासा उसके मन में थी। काफी सारे अबूझ प्रश्नों का वह उत्तर जानना चाहती थी।

''इसका चरित्र?''

''नहीं डॉ. साहब, अगर ऐसा होता तो मैं ही इसको सबसे पहले जिंदा गाड़ के दफना देती। मेरी बेटी पाक-साफ है। मुझे इसके ऊपर पूर्ण विश्वास है।'' माँ की आँखों में विवशता के आँसू थे।

''पर फिर भी, आखिर ये नौबत ऐसे ही नहीं आ गई।''

''जी मेम, वही न इससे पूछते हैं तो बताती ही नहीं। इसको इतना डराया-धमकाया। सब उपाय किए, पर ये मुँह खोलती ही नहीं।''

''क्या किसी ने जबरन दुष्कर्म किया है?'' डॉ. भी न चाहते हुए पूछती चली गई। किसी की निजी जिंदगी से वह कोई वास्ता न रखना

चाहती थी, पर उसकी मासूम आँखें सूनी हो पत्थरा गई थीं और दर्द भी आँसुओं के संग बह गया था और रह गया था तो सूनापन और उदासी। जीवन के प्रति गहन निराशा और आज उस उदासी और मौन की परिणति था यह ऑपरेशन।

"नॉर्मल डिलिवरी मुश्किल हो जाएगी। उम्र की नाजुकता को ध्यान में रखते हुए ऑपरेशन ही सबसे कारगर उपाय है।"

"पर निशान टाँके।"

डॉ. ने कंधे उचकाते हुए अपनी लाचारी जाहिर की, "पूरी कोशिश के बाद भी मुझे कोई दूसरा विकल्प नजर नहीं आ रहा है।"

"पर शादी के बाद अगर पति पूछेगा तो क्या जवाब देंगे?" माँ ने गहन चिंता जाहिर की।

"किसी भी पेट के ऑपरेशन की बात बोल दीजिए, पर शादी के बाद जब ये पहली बार माँ बने तो सिर्फ मेरे पास लाइएगा। नहीं तो किसी दूसरे डॉक्टर के पास ये जाएगी तो राज खुल सकता है।" डॉक्टर ने भी चिंता जताई।

माँ तो पहले ही 'राज' की गहराई तले दब गई थी, अब शायद इससे ज्यादा वह नहीं ले सकती थी।

"सब ईश्वर भरोसे छोड़ दीजिए। जो होगा देखा जाएगा। तभी रितु के बगल वाले पलंग पर लेटी हुई महिला ने डॉक्टर के अथक संयम से एक स्वस्थ सुंदर लड़की को जन्म दिया।"

जैसे ही डॉक्टर साहब ने लड़की को बगल में लिटाया कि वह महिला फूट-फूटकर रो पड़ी।

"नहीं चाहिए, मुझे छोड़ देंगे। मेरा जीवन बरबाद हो जाएगा। मैं कहाँ जाऊँगी।" उस बेटी ने आँखें खोलनी ही नहीं चाहीं। बंद आँखों से उसने इतना कुछ देख लिया था कि वह निर्मोही हो आत्मकेंद्रित हो गई थी।

और वाकई अगर बाहर उसके पति और सास को पता चल जाता तो वह उसको छोड़ देते।

"अब की पारुल जरूर लड़का जनेगी। मैंने शैरोंवाली माँ के मंदिर की मन्नत माँगी है। इस बार पोते का ही मुँह देखूँगी। अपनी मन्नत पर मुझे पूरा विश्वास है।"

और बेटा माँ की 'हाँ' में 'हाँ' मिला रहा था। माँ से विपरीत जाकर बीवी के दर्द का एहसास उसको छू भी न पाया या उसके कान तो सिर्फ बेटे के रोने की आवाज सुनने के लिए बेताब थे। हर आहट पर उसके कदम कमरे की तरफ बढ़ जाते, कोई नर्स बाहर निकलती तो उसको झिड़क देती।

"अभी बैठिए! पत्नी को दर्द उठ रहे हैं। वक्त लगेगा।" पर जैसे बेटे के जन्म की खुशी को सुनने के लिए वक्त काटे नहीं कट रहा था।

"डॉ. ने अभी बेटी के जन्म की खबर बाहर नहीं दी, 'रुक जाओ।' शायद बाहर कोई इसे ले न पाए" और वह रितु की तरफ मुखातिब हुई।

रितु की पीड़ा भी असहनीय थी। डॉक्टर को जब कुछ नहीं सूझा तो ऑपरेशन कर बच्चा निकाल दिया। एक छोटा सा सुंदर स्वस्थ बच्चा ला रितु की माँ के हाथ में डाल दिया।

"बेटा।" एक बार रितु की माँ के मन में लोभ जागा, पर फिर बेटी और इस बच्चे के कलंकित भविष्य की कल्पना करके सिहर उठी।"

"ले जाइए, डॉ. साहब, जो उचित हो कीजिए।" देने के पहले माँ ने उसे कस के सीने से लगाया और प्रेम के आँसू निकल पड़े।

"इस बच्चे ने किसी का क्या बिगाड़ा था। पर नहीं, मोह ठीक नहीं।" और माँ ने मुँह मोड़ लिया।

बेटे के आने से उस महिला का चेहरा खिल उठा, ''आपने मेरी इज्जत रख ली, डॉ. साहब! मेरे लिए तो आप ही भगवान् हैं।''

''नहीं, भगवान् तो उस कमरे में हैं, जिन्होंने सहर्ष अपनी औलाद तुम्हें दे दी। बच्चा तो उसी का खून है। वह देनेवाली माँ महान् है।''

रितु को होश आने लगा था।

उस अजन्मे बच्चे के प्रति उसे कोई लगाव न था। वह गफलत से होश में आती, फिर निद्रा में खो जाती। अभी रितु पूरे होश में नहीं आई थी। डॉ. साहब ने घर जाने के पहले यथावत् आदेश नर्स को दिए और एक बार रितु को देखने के लिए आ गई।

सूनी आँखों से रितु डॉ. को देख रही थी, पर उसमें प्रश्न थे। डॉ. ने अनदेखे कर दिए।

''बेटे सब ठीक है! अब तुम बिलकुल अच्छी हो जाओगी।'' रितु ने आँखें झुका लीं।

''पर बेटा, तुम उस दुष्ट को बचाकर क्या कर लोगी। जिसने तुम्हें इतना कष्ट और मानसिक संताप दिया। तुम्हारी बदनामी हुई। तुम्हारी माँ को गाँव छोड़कर शहर आना पड़ा। तुम्हारे अरमानों और सपनों का खून किया है। तुम उसको बचाकर क्या करोगी? हिम्मत करो, बोलो उसका नाम बोलो।''

इतना कहने के बाद डॉ. ने हाथ में अपना हाथ देकर उसको साहस और सांत्वना देने की कोशिश की।

रितु तकलीफ में थी। उसकी माँ रितु के चेहरे पर झलक आए पसीने की बूँदों को पोंछने लगी। बेटी का कष्ट माँ को व्यथित कर रहा था। कमरे में माहौल शांत था, वह उठने को हुई, पर रितु ने उनका हाथ कस के पकड़ लिया।

डॉ. की आँखों में प्रेम और करुणा देख उसकी हिम्मत थोड़ी बढ़ी, पर आवाज रुँध गई थी और शब्द अस्पष्ट थे।

"इस बच्चे का बाप और"…वह रोने लगी। इतने महीनों में वह पहली बार रोई थी।

"और मेरा…" वह फफक पड़ी "…एक ही है।"

रितु के ऊपर दवा का असर होने लगा था, वह फिर गफलत में चली गई, पर आँसू उसकी आँखों से अभी भी बहे जा रहे थे, रिश्ते की पहचान पर रो रही थी।

पूरे कमरे में मौत से भी बदतर सन्नाटा पसर गया। सब हतप्रभ थे। सब अवाक् थे। वह कमरा, उसकी दीवारें, उससे जुड़ी हर चीज इस रिश्ते की पहचान पर अवाक् रह गई। रितु, उसकी माँ और डॉ. साहब में एक नया रिश्ता बना था—मानवता का, संवेदनाओं का—इनसानियत का।

□

8

परम शांति

ठक-ठक की आवाज के साथ बैंक के समस्त कर्मचारियों की निगाह दरवाजे की ओर टिक गई। यह वृद्ध व्यक्ति अपने पंद्रह साल के पोते के साथ बैंक का पिछले कई वर्षों से एक नियमित हिस्सा बन गया था।

बैंक आता था, अपनी पेंशन निकालकर ले जाता था। साल-दर-साल वृद्ध एक हृष्ट-पुष्ट इनसान से एक वृद्ध झुर्रीदार शरीर में बदल गया और पोता छोटे से बालक से एक लंबा-चौड़ा जवान बन गया। वक्त बीतता गया और क्रम यंत्रवत् चलता रहा।

धीरे-धीरे उस वृद्ध की दृष्टि भी कमजोर पड़ती गई और अब उसको चश्मे से भी ज्यादा दिखाई नहीं देता था। बैंक का सारा रुपए-पैसे का लेन-देन उसका पोता करता था। जब दस्तखत की जरूरत होती, वहाँ वह अपने दादाजी से करवाकर रुपए उन्हें पकड़ा देता था। शुरू-शुरू में उसने यह काम बड़ी ईमानदारी से किया, पर फिर वह उन रुपयों में से जरूरत भर का रुपया निकालकर दादाजी को पकड़ा देता था। दादाजी उसके ऊपर पूर्ण विश्वास करते थे। बिना गिने वे रुपए जेब में रख लेते और उसका हाथ पकड़कर निकल जाते।

बैंक में शुरू-शुरू में स्टाफ ने इस बात को अनदेखा कर दिया कि उनका आपस का मामला है, क्यों दखलअंदाजी की जाए, पर जब यह घटनाक्रम ऐसे ही चलता रहा तो राहुल से न रहा गया।

राहुल उस बैंक में नया आया था। यही कोई चार-पाँच महीने हुए थे। उसको बड़ा ही अजीब लगता था कि वह बालक, जिसका नाम उमेश था, अपने दादाजी की पेंशन में से रुपए पार कर लेता था और दादा कुछ बोल भी न पाते थे।

एक दिन राहुल ने टोक दिया।

''उमेश तुम जरा केबिन से बाहर तो जाओ।''

''जी!''

और उमेश बाहर चला गया।

''बैठिए बाबा! फिर थोड़ी आत्मीयता दरशाते हुए बोला, ''क्या लीजिएगा—ठंडा या गरम?''

''कुछ नहीं बेटा, क्या काम में अभी वक्त लगेगा।''

''नहीं बस, आज कुछ यूँ ही मन कर आया आपसे बात करने का।''

बूढ़ा, जिसका नाम उमाशंकर था थोड़ा चौंका, उस जैसे लाचार लोगों से क्या बात करने का मन कर आया। ''सब ठीक तो है न।'' थोड़ा हैरान, थोड़ा परेशान होता हुआ बोला।

''कुछ घबराने की बात नहीं है बाबा, बस आपके पोते को लेकर कुछ बात करनी थी।''

''क्या सब ठीक तो है?'' उमाशंकर थोड़ा चिंतित दिखे।

''हाँ! सब ठीक है। ठीक नहीं है तो सिर्फ आपका पोता।'' इतना स्पष्ट बोलने पर राहुल थोड़ा सँभला, उमाशंकर के चेहरे को पढ़ने की कोशिश की।

चेहरे पर कोई भी भाव नहीं थे। उम्र के एक पड़ाव पर आकर

शायद भाव भी ठहर जाते हैं। बड़ी-बड़ी बातें भी हलचल पैदा नहीं कर पातीं।

"क्या हुआ उमेश को।" उनकी बातों का सपाट लहजा था।

"वह आपकी पेंशन में से काफी सारा पैसा निकाल लेता है। आपको कुछ ही देता है, बाकी अपनी जेब में रख लेता है। शायद आपको इसका पता नहीं है।" राहुल थोड़े कड़े स्वर में बोला।

उमाशंकर काफी देर तक चुप बैठ गए। शायद इसको वह स्वीकार नहीं कर पा रहे थे या शायद इस तरह की किसी भी बात की उनको उम्मीद नहीं थी। उनका पोता भी ऐसा कर सकता है, उनको नाकाफी लगा था।

राहुल उनको वक्त देना चाहता था। काफी देर बाद उमाशंकर बोले, "सर! एक कप चाय मिलेगी।"

उनके प्रति राहुल के मन में एकदम से सहानुभूति उमड़ आई, "हाँ-हाँ जरूर।" घंटी बजाकर चपरासी को दो कप चाय लाने के लिए बोल दिया। राहुल का मन किया कि उसके पोते को बुलाए और इतना मारे कि उसके होश ठिकाने आ जाएँ, पर वह उनका क्या लगता था, जो इस तरह से कुछ करता और फिर उसको पड़ी भी क्या थी। क्यों उनके अंदरूनी मामले में दखलअंदाजी करता।

इसी बीच उमाशंकर की आँखों से अश्रुधारा बहने लगी।

राहुल भी अजीब अचंभे की स्थिति में पड़ गया। ऐसे किसी व्यवहार की उसे उम्मीद नहीं थी। इतने वृद्ध आदमी का यूँ रोना भी उसको काफी अजीब सा लग रहा था। वह चुप बैठा रहा।

काफी देर तक वह वृद्ध सुबकता रहा। तब तक चाय भी आ गई थी। उसको भी वह धीरे-धीरे पीता रहा। पूरा वातावरण खामोश और स्पंदहीन हो गया था।

थोड़ी देर में वह संयत हुआ। इस बीच उसका पोता दो-बार अंदर

झाँक चुका था।

"सर!" अपने को अब तक वह काफी सँभाल चुका था। "मेरा पोता ही है, जो मेरे को प्यार करता है, जिसको मेरी परवाह है। बाकी घर के सदस्यों के लिए तो मेरा जीवित होना ही व्यर्थ है। सिर्फ इसी को मेरी चिंता है।" और वह अपनी रौ में बोले जा रहे थे।

"मेरे तीन बेटे हैं, जब हुए थे तो मेरी पत्नी गर्व से सर उठाए घूमती थी कि वह तीन बेटों की माँ है। मेरी भी अच्छी नौकरी थी। जिंदगी खुशहाल चल रही थी। एक-एक कर बेटे नौकरी पर लगते चले गए, उनका विवाह होता गया और धीरे-धीरे सब-के-सब अपने परिवार में रम गए।

"बड़ा बेटा जो कभी मेरी पीठ पर घूमता था, मेरे को अच्छे से पीठ दिखाकर यू.एस.ए. चला गया। वहाँ पर जाने के बाद वह मेरे साथ-साथ भारत को भी भूल गया। दस वर्ष हो गए उसे न्यूयॉर्क गए हुए, सिर्फ दो बार आया है। एक बार छोटे भाई की शादी में और दूसरी बार माँ की मौत में। ऐसा लगता है कि सिर्फ उससे सुख-दुःख का ही रिश्ता रह गया है। जब तक मेरी पत्नी थी, तब तक तो उसी के साथ बात करके जी बहला लेता था। अब तो सिर्फ बेटे की यादें ही बसी हैं। वह अगर आना भी चाहे तो उसकी पत्नी नहीं आने देगी। मेरी पहली संतान है। जाहिर है, सबसे प्यारा···।" वह रुक गया। शायद यादों को सँजोकर कुंजी में बंद कर देना चाहता था। बेटे के साथ-साथ कहीं वह भी साथ न छोड़ दे। उसकी आँखें नम हो चली थीं। वह थोड़ी देर रुका, शायद थक भी गया था। जिंदगी की रफ़्तार से, उससे जुड़े जज्बात से। कमरे का माहौल थोड़ा सा बोझिल हो रहा था। सिगरेट पीने की तलब राहुल को हुई, पर यह बेअदबी होगी तो वह चुप रहा और फिर से दो कप चाय ऑर्डर कर दी।

चाय आने के पहले ही वह फिर से शुरू हो गया था।

"जब वह हमारी गोद में पहले दिन आया था, एक हँसता-मुसकराता छोटा सा रुई का गोला तो शायद हमारा संसार ही उसकी मुखाकृति में सिमट गया था। हमसे परवरिश में कहाँ गलती हो गई। शायद मैं मरते दम तक समझ न पाऊँ। बड़ा अगर सेर निकला तो छोटा सवा सेर। बड़े से मदद की कभी भी उम्मीद करना बेकार है, पर दोनों छोटे तो साथ में ही रहते हैं और लड़ते हैं, झगड़ते हैं और मेरी ही कमाई मुझसे छीन लेते हैं।

"पहले बीच वाले की शादी हुई। उसकी पत्नी हमारे साथ ही आकर रहने लगी। बड़े होने के नाते मैं ही उनका अधिकांश खर्चा उठाने लगा। खराब लगता था कि मेरा बेटा अपने परिवार का भरण-पोषण करे। धीरे-धीरे यह उसकी आदत में शामिल हो गया और वह हमारे ऊपर भार बन गया।

"तीसरा बेटा बाहर का काम करता था। शादी करके वह अपनी पत्नी को दूसरे शहर लेकर गया। जब भी वह घर आते तो यही विवाद होता कि हम अपनी कमाई सिर्फ बीच वाले पर उड़ा रहे हैं। वह भी ट्रांसफर करा, इसी शहर में आ गया। हमारे साथ न रहकर हमारा दूसरावाला मकान खाली कराकर उसमें रहने लगा। उसका किराया भी वह खर्च के नाम पर रखने लगा। यदा-कदा जरूरत पड़ने पर मुझसे भी ले जाता था। धीरे-धीरे मेरे ही पैसों को लेकर दोनों भाइयों में झगड़ा होने लगा। माँ की मृत्यु के बाद तो जैसे उन्होंने मुखौटा उतार फेंका। भूमि-भवन तो बाँट ही लिया। अब तो माँ के जेवर भी बँट गए।

"दोनों बेटे सात तारीख को बीवियों समेत घर में मौजूद रहते हैं। मैं जैसे ही पहुँचता हूँ पैसा लेकर, वह सीधे उसे ले लेते हैं। मेरे सामने ही उसे आधा-आधा बाँट लेते हैं। यह बीच वाले का बेटा है। सब देखता है।

पत्नी के इलाज के वक्त पैसे की जरूरत पड़ी थी। किसी ने नहीं

दिया। उसी वक्त मेरी पेंशन में भी कुछ इजाफा हुआ था। वह पैसा इसने घर में किसी को नहीं बताया। चुपचाप निकाल लेता है। मेरी अपनी दवा-दारू के काम आ जाता है। अब इस उम्र में इससे ज्यादा क्या जरूरत रह गई है। अब तो ऐसे भी वक्त गिन रहा हूँ कि कब राम प्यारी से मिलन होगा?"

तब तक चाय खत्म हो गई थी। उसने अपनी ऐनक ठीक की। खड़ा हुआ और बोला, "मेरे पोते को बुला दीजिए। वह मुझसे बहुत प्यार करता है, चिंतित हो रहा होगा।"

और दोनों दादा-पोते हाथ थामे बाहर चले गए अगले महीने आने के लिए।

सारे रास्ते वह सोचते गए। बीच-बीच में वह अपने पोते का हाथ कस के पकड़ लेते थे। इस उम्र में आकर एक जवान मजबूत सहारे की जरूरत पड़ती है। उसके कदम बोझिल और उबाऊ हो गए थे। घर पहुँचकर वही लूटपाट और फिर खालीपन, एक त्रासद सजा से कम न जान पड़ते थे।

घर पहुँचकर वह पलंग पर बेसुध पड़ गया। न रुपए की चिंता थी, न अपनी। एक गहरी सोच में वह डूबा हुआ था। उधेड़बुन में पड़ा हुआ इनसान अशांत रहता है। इसी संपत्ति के लिए बच्चे लड़ रहे थे। उसने और उसकी पत्नी ने एक-एक ईंट जोड़कर इन बच्चों के लिए क्या कुछ नहीं इकट्ठा किया। शायद अगर वह इतना त्याग न करते और अपना जीवन जीते तो आज इतना अशांत चित्त न होता।

हर बच्चे का चेहरा निगाह के सामने से निकला जा रहा था। जो कल तक इतने आत्मीय थे, आज बेहद अनजान थे। अगर वह गुमनाम भी हो जाते तो कोई फर्क नहीं पड़ता था।

घर आकर उसने उम्मीद भी न की थी कि कोई उसके लिए भागकर दरवाजा खोलेगा। उसका हालचाल पूछेगा। उसको पानी देगा।

कुछ नहीं, शायद कोई उसका अपना नहीं था। यहाँ वह बेसुध पड़ा सोचता रहा। जिस पैसे के लिए उसके बच्चे गैर हो गए थे, उस पैसे से उसको नफरत हो गई थी।

उफ् पैसा।

वह एक निर्णय पर पहुँचा। हाँ यही ठीक है।

उमेश···उसने आवाज लगाई।

''हाँ दादाजी···''

''बेटा जरा वकील को फोन लगाना।''

''जी!''

''हाँ मैं वकील···राय···बोलिए···''

''अपनी वसीयत बनानी है··· ।''

''मैं कल आ जाऊँगा।''

''ठीक है।''

''साढ़े दस बजे।''

''ओके···''

हाँ, जो गुण वह अपने बच्चों को वारिस के रूप में न दे सका। इसका अफसोस उसको जिंदगी भर रहेगा। उसके बच्चे भीड़ में खोए हुए अनजान बेरुखे लोग थे, जिनकी संवेदना तक बिक चुकी थी, पर अपना पैसा वह उनको वसीयत में कदापि न देगा और शायद इसका उसको बिलकुल भी अफसोस न था।

वह अपने अंदर एक परम शांति अनुभव कर रहा था। वह गहरी निद्रा में सो गया, एक नई सुबह की शुरुआत के लिए।

□

9

डिनरसेट

''अजी सुनती हो।'' राकेश ने ऑफिस से आकर आवाज लगाई।

''क्या है?'' सुमित्रा बोली, पर वह थोड़ी चिढ़ी हुई थी। दिन भर की किच-किच शाम तक उसके स्वभाव में झलकने लगती थी। सुबह पाँच बजे जो उठती तो फिर रात के ग्यारह बजे ही पलंग नसीब होता था। बावर्ची, धोबिन, महरी बनते-बनते कब वह माँ और पत्नी की स्थिति से थोड़ा नीचे गिर गई, उसको पता भी न चला।

''अरे बढ़िया खुशखबरी है। इस बार साहब ने मेरे काम से खुश होकर मुझे तीन हजार रुपए का बोनस दिया है।''

''सच!'' एकदम से सुमित्रा के चेहरे पर खुशी आ गई। इस तरह की खुशखबरी के लिए तो वह बिलकुल भी तैयार नहीं थी।

''हाँ!'' राकेश उसको थोड़ा छेड़ते हुए बोला, ''तुम तो ऐसे खुश हो, जैसे पहली बार इतनी बड़ी रकम देख रही हो।''

''पहली बार ही देख रही हूँ···नहीं तो तुम्हारी तनख्वाह से एक बार में कहाँ इतना बच पाता है।'' सुमित्रा थोड़ा सा रूखे अंदाज में बोली।

पर राकेश इस समय काफी खुश था और अपने मूड को खराब नहीं करना चाहता था।

"बोलो मेरी जान, क्या करोगी इसका।" राकेश शोखी से बोला।

"अरे, करना क्या है! इसको सुनीता के लिए बैंक में जोड़ देंगे। उसकी शादी में काम आएँगे।"

"सुनीता! अरे वह तो अभी बच्ची है। मुश्किल से दो साल की भी नहीं हुई है और तुम्हें अभी से उसकी शादी की फिक्र है। तुम औरतों से तो इसीलिए बात करने का मन नहीं करता है, जब देखो किच-किच। कोई खुशी की बात भी तुम्हारे साथ बाँटना चाहो तो मुँह बन जाता है। अरे! क्या बेटी की शादी की चिंता सिर्फ तुम्हीं को है? मेरी वह कुछ नहीं है? सारा मूड चौपट कर दिया। सोचा था, तुम कितनी खुश होगी। हमलोग अपने घर के लिए कुछ नया लेकर आएँगे और एक तुम हो···तौबा!" थोड़ा बनावटी गुस्से से राकेश बोला।

"अब मैंने ऐसा भी क्या कह दिया कि आप इतना गुस्सा हो गए।" फिर थोड़ा मनाती हुई बोली, "अच्छा, चलो तुम्हीं बोलो, क्या करना है इसका।" थोड़ी देर तो राकेश अनमना रहा, फिर बोला, "अच्छा चलो, एक कप गरमागरम चाय पिलाओ।" सुमित्रा फटाक से दो कप चाय बना लाई। थोड़ी भूमिका बाँधते हुए राकेश बोला।

"सुमित्रा!"

"हाँ!"

"अपने कप देख रही हो। शादी के बाद से कुछ खरीद ही नहीं पाए। मेरा कितना मन है कि हमारे घर में भी एक अच्छा सा डिनरसेट हो। कितना अच्छा लगेगा, जब कोई आएगा तो उन बरतनों में खाना खिलाने में।"

"डिनरसेट!" वह चौंककर बोली, "आप ठीक तो हैं। अरे, अपनी कौन सी इतनी बड़ी औकात है कि कोई राजा-महाराजा हमारे

घर आएँगे। अरे, हम साधारण लोग, जिसमें खाते हैं, उसी में खिलाएँगे। अब छोड़िए भी।''

''अच्छा! आज पहली बार अपनी कमाई पर मैंने कुछ खरीदने की इच्छा जाहिर की तो तुम मुँह बना रही हो। तुम्हारे घर चलाने में तो मैं नहीं बोलता। अच्छा बताओ! क्या तुम्हारा मन नहीं था कि हमारे पास भी एक अच्छा सा डिनरसेट हो। उस दिन बाजार में तो तुम दुकान में उलट-पुलटकर देख रही थी।''

''हूँ-हूँ।'' अब बेटी से ज्यादा सुमित्रा का मन अपने लिए लालच करने लगा। मन तो उसका भी था कि गृहस्थी में एक चमचमाता डिनरसेट उसके पास हो। स्टील के बरतनों को देख-देखकर तो उसका मन ऊब गया था।

दोनों पति-पत्नी मन बनाकर मार्केट गए और जाँच-परखकर एक बढ़िया-सा डिनरसेट खरीद लाए। दोनों के ही पैर जमीन पर नहीं पड़ रहे थे। शायद छोटा-सा ही सही, पर जब कोई सांसारिक सपना पूरा होता है तो एक जीत का एहसास कराता है और अपनी श्रेष्ठता बतलाता है। कुछ ऐसा ही इन दोनों के साथ घटित हुआ। अपना कीमती संग्रह सुमित्रा ने उठाकर बक्से में बंद कर दिया। राकेश ने थोड़ा सा प्रतिवाद भी किया, पर इतने सुंदर डिनरसेट को इस्तेमाल करने का उसका भी मन न किया।

''किसी उचित मौके पर इसको निकालेंगे।''

''हाँ, तुम ठीक कहती हो।''

और वह बक्से में बंद हो गया।

बेटी सुनीता के जन्मदिन के उपलक्ष्य में फिर एक बार राकेश ने स्मरण दिलाया तो सुमित्रा ने बात टाल दी, ''अरे, कौन से ऐसे मेहमान आ रहे हैं, जिनको दिखाकर हमें कुछ हासिल हो जाएगा।''

''रागिनी मौसी तो देखकर चिढ़ेंगी कि कहाँ से हमारे पास इतना

पैसा आया, जो हमने उसे खरीदा और अगर कहीं ईर्ष्यावश यह बात उन्होंने आपकी माँ को कह दी, तब तो जैसे हम यहाँ ऐश में जी रहे हैं। काहे अपनी जिंदगी हम लोग खराब करें, छोड़ो, कोई बढ़िया मौका देखकर निकालेंगे।''

दिन बीतते गए और कोई बढ़िया मौका उन लोगों की जिंदगी में आ ही न पाया था, अगर ऐसा कहें कि उनको इतना बढ़िया कोई मौका न लगा, जिसके लिए वह डिनरसेट निकालने की जहमत उठाते।

एक दिन राकेश ऑफिस से लौटकर आया। उसको काफी बेचैनी हो रही थी। घर आकर उसने अपनी पत्नी से इसकी शिकायत की, ''आप लेट जाइए एसीडिटी होगी। तुरंत ठीक हो जाएगी। मैं आपको अजवाइन पानी देती हूँ। चिंता मत करो।''

सारा घरेलू इलाज हो गया, पर उसकी बेचैनी बढ़ती गई। रात तक जब कोई फायदा न हुआ तो सुमित्रा उनको हॉस्पिटल लेकर गई।

डॉक्टर ने उनको देखते ही वहाँ भरती कर लिया।

''सारे टेस्ट करवाने पड़ेंगे, पर देखने से तो हलका हार्ट अटैक प्रतीत होता है।''

यह सुनकर तो जैसे सुमित्रा के नीचे से धरती खिसक गई। आँखों के आगे अँधेरा छाने लगा और वह बेहोश हो गई।

''मेजर हार्ट अटैक था। चौहत्तर घंटे के निरीक्षण की जरूरत है।''

देखो ईश्वर चाहेगा तो सब ठीक हो जाएगा। अपने ऊपर हिम्मत रखकर सुमित्रा उठी। इस समय उससे ज्यादा उसके पति को उसकी जरूरत थी। उसको हिम्मत से काम लेना होगा और वह पूरी तन्मयता से सेवा में जुट गई।

पर शायद होनी को कुछ और ही मंजूर था। चौहत्तर घंटे बीतते-बीतते राकेश की हालत और बिगड़ती गई और इसी बीच उसे एक के बाद दो और हार्ट अटैक पड़े। तीसरा अटैक वह न झेल पाया और उसका

देहांत हो गया।

सुमित्रा के ऊपर जैसे वज्रपात हो गया। इतना बड़ा सदमा वह कैसे झेल पाएगी।

काम-क्रिया के बाद तेरहवीं के दिन पूरी बिरादरी इकट्ठा थी। मरने के बाद पता नहीं सबकुछ बदल जाता है या फिर कुछ नहीं बदलता, पर सुमित्रा की माँग सूनी हो गई थी।

पूरा खानदान ठठाकर हँस रहा था, कोई चुहलबाजी कर रहा था, सिर्फ गम था तो सुमित्रा को; ऐसा प्रतीत हो रहा था। उनको भी सारे कार्यक्रम निपटाकर जाने की जल्दी थी। ब्रह्मभोज के बाद आज बिरादरी को जिमाना था। बरतन निकाले जा रहे थे। तैयारियाँ हो रही थीं, तभी सुमित्रा को जैसे खटका लगा। "अरे, ये क्या, ये डिनरसेट कैसे बाहर आया?"

अभी वह बेटी से कुछ पूछ पाती कि उसकी बहन से लगाने के क्रम में एक प्लेट गिरकर चकनाचूर हो गई। सुमित्रा की आँख डबडबा आई, "हाय रे डिनरसेट, कितने अरमानों से सारी जिंदगी सँजोकर रखा था।"

तभी सुमित्रा की ताई बोली, "अरे! काँच का टूटना शुभ होता है। चलो कोई बड़ी अलफ इस घर के ऊपर से निकल गई। आओ चलो, सब लोग खाना शुरू करें, देर करने से ठंडा हो जाएगा।" और जैसे सब पता नहीं, कितने दिन से भूखे थे—एकाएक खाने पर टूट पड़े।

और सुमित्रा उन काँच के बिखरे टुकड़ों को देखती रही और अश्रु भरी निगाह उसने राकेश की फोटो पर डाली और तुरंत हटा ली, मानो राकेश कह रहा हो, "हाँ! तुमने सबसे अच्छे दिन के लिए डिनरसेट सँजोकर रखा था।" आज पूरा खानदान हँस-हँसकर भोजन कर रहा है और सुमित्रा को चक्कर आ गया।

उस डिनरसेट के लिए इससे बढ़िया मौका शायद न था।

□

10

पुलिस आ गई

इस देश की तबीयत विचित्र है। यहाँ पुलिस का अर्थ भगवान् से लगाया जाता है, पुलिसवाले तो अपने आपको विष्णु के अवतार से कम ही नहीं आँकते हैं। अब जैसे विष्णुजी चाहकर भी समस्त प्राणियों के कष्ट नहीं हर सकते तो उसके बनाए इनसानों की क्या मजाल, जो वह समस्त लोगों के दु:ख-तकलीफ सुनकर उनका तुरंत निदान दे दें! अरे भाई! लोगों को समझना चाहिए कि भगवान् से ऊपर किसी की कल्पना करना भी मूर्खता है। राम-राम! कितना पाप लगेगा!! हमारा देश ठहरा अत्यंत धर्मपरायण देश, तभी तो इस देश में राम के नाम पर बड़े-बड़े कत्लेआम हो जाते हैं।

लेकिन पुलिस तो पुलिस है—सर्वोपरि अविनाशी, महान्, आनंददाता, दु:खहर्ता!! अरे-अरे क्षमा करना! वह तो सर्वज्ञाता भी है। कहीं पर कुछ भी बुरा होनेवाला हो, इसकी खबर पुलिस को रहती है, जैसे ईश्वर को सारी घटनाओं की खबर रहती है, अब यदि ईश्वर कुछ नहीं कर पाता तो भला पुलिस कैसे कर पाए?

हाँ, उसे भूतकाल में किसने क्या किया और भविष्य में कौन क्या करेगा, सबका इल्म रहता है।

भगवान्-पुलिस और उसके भक्त की एक कथा याद आ रही है।

राजेंद्रनगर कॉलोनी में एक दादा है, नाम है मुख्तार सिंह। बड़ी-बड़ी मूँछें और उससे भी बड़ी आँखें। चेहरे पर चेचक के दाग, ले-देकर छोटा-मोटा डरावना चेहरा। मूँछों को पिलाने और घना बनाने में काफी तेल चाहिए, इसके लिए पैसा तो चाहिए ही। दिन बीत जाता था कसरत में, अब बची रात। समय कितना मूल्यवान है, इसका उसको पूरा-पूरा ज्ञान था। इसी दिन-रात का सदुपयोग वह गाढ़ी कमाई उगाहने में करता था। जिन लोगों ने गाढ़ा धन कमा-कमाकर रखा है और रात निद्रा देवी की गोद में खर्राटे लेकर सोते हैं तो भला उस धन की सुरक्षा कौन कर पाएगा। दीवाली के दिन भी तो रात भर पहरा देना होता है, तब जाकर लक्ष्मी मैया की कृपा होती है। लक्ष्मीजी का वाहन भी उल्लू है—ठेठ निशाचर, उसको तो रात में ही दिखता है। अगर लक्ष्मी को रात में सुरक्षा की जरूरत न पड़ती तो वह काहे ऐसा वाहन चुनतीं। वह ठहरीं चंचला, एक जगह ज्यादा मन नहीं लगता है। दिन-रात दौड़ना-धूपना पड़ता है तो जाहिर सी बात है, वह एक ऐसा ही वाहन खोजेंगी।

पर वह इनसान, जिनके यहाँ लक्ष्मी आ जाती है, वह यह भूल जाता है कि कितना योग्य वाहन लक्ष्मीजी को प्राप्त है। अगर उनका मूड किया तो रात में भी चल सकती हैं।

रात मुख्तार सिंह लक्ष्मीजी को ढूँढ़ने में व्यतीत करता और दिन में वह कॉन्टेक्ट बढ़ाता। वह बड़े-बड़े लोगों से गप्पें लगाता और मित्रता बढ़ाता, कॉन्टेक्ट का जमाना था। पता नहीं, कब कौन काम आ जाए। इसीलिए मुख्तार सिंह बड़े-बड़े लोगों से संपर्क रखता था। उसी में से एक उस इलाके का दरोगा था। था तो अक्खड़ और मुँहफट, थोड़ा-थोड़ा सिरफिरा भी, पर इन सबसे क्या फर्क पड़ता है, आदमी काफी काम का था।

इधर मुख्तार सिंह का बिजनेस मंदा चल रहा था, आमदनी भी ठीक-ठाक नहीं थी। इलाके में सभी सतर्क हो गए थे। कुछ ने तो कुत्ते-बिल्ली पाल लिये।

इनमें घर की पहरेदारी में कुत्ते तो काफी इफेक्टिव थे, पर बिल्ली थोड़ा भार थी। घर की रखवाली में जीरो, उलटे चोरी से दूध भी पी जाती थी। एक दिन दरोगा ने आकर पूछा, "क्या मुख्तार दिन भर पड़े-पड़े खाट तोड़ते रहोगे यार।"

"क्या करें साहब! कुछ समझ में नहीं आ रहा। इधर तो हफ्ता से ही काम चलाना पड़ रहा है। कहीं चोरी करने का मौका ही नहीं हाथ आ रहा।"

"अरे हाउस नं. सात का चौकीदार कल ही तो आकर कह रहा था कि उसके साहब परसों शादी में गए, बहू का काफी सारा जेवर लॉकर से निकालकर ले गए थे, अभी तक अंदर नहीं रखा है। हाथ साफ कर दो—मोटा आसामी है। कुछ दिन ऐश से कट जाएँगे।"

मुख्तार सिंह को लगा कि दरोगा अच्छा है। दोस्त हो तो ऐसा! बुरे वक्त में काम आए, वरना बेकार।

"आज रात ही तैयारियाँ कर लेते हैं।"

"हाँ, मैंने चौकीदार से सब पता कर लिया है। सेठ व्यापार से शाम को कोई आठ-नौ बजे आता है। घर में सिर्फ दो औरतें और एक छोटा बच्चा रहता है।"

"यह रहा घर का नक्शा," दरोगा बोला।

"आप तो साहब बड़े काम के हैं। मैं भी बाई और दूध वाले से बात कर लूँगा। आप निश्चिंत रहें, सब हो जाएगा। इस काम में मेरा पंद्रह साल का अनुभव है।"

दरोगा मूँछों पर ताव देता हुआ चला गया और मुख्तार सिंह काम में लग गया।

गीता का श्लोक है—'**कर्मण्ये वाधिकारस्ते मा फलेषु कदाचन।**' काम की तैयारी वह जी-तोड़ से कर रहा था। दिन भर रिसर्च किया गया। मकान का अंदर-बाहर से अध्ययन किया गया।

शाम होते-होते मुख्तार सिंह के दो-तीन परम मित्र भी इस काम के लिए तैयार हो गए। हर चीज जैसे रस्सी, कट्टा, ड्रावर ओपनर सबकी तैयारी कर ली गई। जैसी जरूरत पड़ी, वही करने का निश्चय किया गया। अगर एक-आध को हलाल भी करना पड़े तो कोई बात नहीं। वैसे मुख्तार सिंह ने अभी तक कोई खून-वून नहीं किया था, पर उसमें हिचकिचाहट नहीं थी। इतनी जनसंख्या में अगर उसके योगदान से दो-चार खल्लास भी हो जाएँ तो देश का भला ही होगा। जनसंख्या नियंत्रण में कुछ मदद कर पाएँगे।

अँधेरा घिरते-घिरते वे लोग गंतव्य पर पहुँचे। बाहर गाड़ी नहीं खड़ी थी और एक मोटा सा ताला लटका हुआ था। उसको समझते देर नहीं लगी कि सब लोग कहीं बाहर गए हुए हैं। चलो अच्छा हुआ काम आसान हो गया। वैसे मुख्तार का शरीर जरूर हाथी सा था, दिल चुहिया से ज्यादा बड़ा नहीं था। वह तो जीवित चुहिया से ही डरता था। किसी तरीके से ऊपर से कूद-कादकर घर के अंदर पहुँच गया। इस पहुँचने के क्रम में एक दरवाजा भी शहीद हो गया, ज्यादा मजबूत नहीं था, शायद मकान-मालिक अदूरदर्शी था और किसी भी इस तरीके के हादसे के लिए समुचित मोर्चाबंदी नहीं कर पाया था।

जो कमरा बहू का था, उसके ताले को कट्टे से तोड़ा गया। अंदर पहुँचने पर नजारा काफी उत्साहवर्द्धक था, शायद हनुमानजी की मनौती काम कर रही थी। उसने हनुमानजी को भी सवा किलो लड्डू खिलाने का वायदा किया था। हनुमानजी का परम भक्त था, वह तो ऐसे वक्त संकटमोचन की कृपा का होना अनिवार्य था।

अलमारी खुली हुई थी। कपड़े अस्त-व्यस्त पलंग पर पड़े हुए

थे। उसे सास पर बहुत गुस्सा आया कि बहू को जरा भी नहीं डाँटती है, कुछ भी शऊर नहीं सिखाया है, ऐसी फूहड़ बहू का क्या काम!

एकाएक उसकी बुद्धि जगी। वह यहाँ शिक्षा या प्रवचन देने नहीं आया है। वह तो धर्म के कार्य से आया है, जो कालाधन सेठ ने तिजोरी के अंदर भरा है, उसको कुछ हलका करने। आखिरकार टैक्स देने का कानून तो इनको पालन करना था। टैक्स नहीं दिया, अब पछताए।

यही सब सोचते-सोचते वह तिजोरी के पास पहुँच गया। तिजोरी की चाबी पास की खूँटी पर लटकी हुई थी। तिजोरी खोली, सामने का नजारा देखकर तो उसकी हृदयगति रुकते-रुकते बची, वैसे रुक भी जाती तो कोई बड़ी बात नहीं थी। इतने जेवरात देखकर तो बड़े-बड़े बेहोश हो जाते, अब दो-चार महीने उसको काम करने की जरूरत नहीं पड़ेगी, लंबा हाथ साफ किया था।

सबकुछ आसानी से बटोरकर वह बाहर आया। इसी बीच उसके कान में मेन गेट खुलने की आवाज आई, लगता है मकान-मालिक। वह छत से दूसरे घर में कूद गया।

''बहू ने घर के अंदर कदम रखा तो अपने घर का हाल देख चिल्लाई, माँ मेरे कमरे की लाइट जल रही है।'' उसका दिल अब कुछ धक-धक करने लगा। वह भाग के अपने कमरे में गई और तिजोरी का नजारा देख, गश खाकर गिर गई।

उसके मुँह से बस इतनी सी चीख निकली, ''माँ'' और आवाज गले में अटक गई।

सास दौड़ी-दौड़ी आई। 'बहू का जेवर चला गया', यह सोचकर पहले पहल तो थोड़ी स्त्री-जन्य प्रसन्नता हुई।

'चलो अच्छा हुआ, सब माँ का था। बड़ा घमंड था न उन जेवरों पर, चोर ले गए। कितना समझाया कि दिखावेबाजी कम कर, पर माने तब न।'

फिर अफसोस हो आया। आखिर है तो मेरी ही बहू। उसका नुकसान, मेरा भी तो नुकसान है।

हिम्मत करके पुलिस को फोन लगाया। उधर पुलिस का फोन टनटनाया। कड़कती आवाज आई, ''कौन? यह पुलिस स्टेशन है।''

खामख्वाह लोग परेशान कर देते हैं। दरोगा फोन रखने ही वाला था कि आवाज आई, ''सर! मेरे घर में चोरी हो गई है।''

''तो!''

''रपट लिखवानी थी।''

''पहले नहीं लिखवा सकती थी। अब जब चोरी हो गई तो हमारा वक्त बरबाद कर रही हो। चोर है कि भाग गया?''

''अगर चोर होता तो सर आपको फोन ही क्यों करते? काफी जेवर लेकर भाग गया है।''

''ओ अच्छा! अपना पता लिखा दें।''

पता सुनते ही दरोगा की बाँछें खिल उठीं। मन-ही-मन सोचा, ''चलो काम ठीक से हो गया। मुख्तार सिंह भी भाग गया।''

''हम अभी पहुँचते हैं।''

इस बीच बहू को भी होश आ गया। वह बाहर दौड़ती हुई गई और 'चोर-चोर' चिल्लाने लगी।

उसकी आवाज सुनकर पूरा मुहल्ला इकट्ठा हो गया। मदद के लिए तो कोई आगे नहीं आया, पर अब सब-के-सब मजा ले रहे थे। इतनी मसालेदार घटना हो गई थी कि उन्हें महीनों तक बातों का विषय मिल गया।

इसी बीच कोई आधा घंटा विलंब से पुलिस आ गई, साथ में दो बड़े-बड़े कुत्ते थे। आते ही दरोगाजी के कड़े निर्देश शुरू हो गए। किसी चीज को हाथ नहीं लगाना। सब बाहर खड़े हो जाएँ। इसी बीच उसकी पारखी निगाह हर उस चीज पर जा रही थी कि कहीं मुख्तार सिंह कोई

सुराग तो नहीं छोड़ गया है। जब वह सब तरफ से निश्चिंत हो गया तो आराम से उसने काररवाई शुरू कर दी। एक-एक को डंडा चलाकर ठोंका। वह तो गनीमत थी कि डंडा धीरे से चला, नहीं तो इतने भारी नुकसान के बाद भी दो-चार चीजें और टूटतीं। बहू की सास अपने को दिलासा दे रही थी कि शुक्र है, जो गया सो गया, अब उसके आगे कुछ नहीं टूटे।

अनुसंधान-कार्य तेजी से चल रहा था। खोजी कुत्ते अंदर घूम-घूमकर चीजें सूँघ रहे थे। अब पता नहीं वह खाने को सूँघकर भौंक रहे थे या फिर उनको सोफे के नीचे कोई चूहा नजर आ रहा था, जिसको पकड़ने की फिराक में थे, अच्छे-खासे तंदुरुस्त कुत्ते थे। माशा अल्लाह, क्या कद-काठी से ईश्वर ने उनको नवाजा था। दो-चार आदमियों का खाना तो वह इकट्ठे ही खा जाते थे। उनको देखकर अच्छे-अच्छे आदमी की सिट्टी-पिट्टी गुम हो जाती थी, पर चोरों को कोई फर्क नहीं पड़ता था। पड़े भी कैसे, कुत्ता तो अच्छा-खासा वफादार प्राणी है, जिसका खाते हैं, उसी का बजाते हैं। अब चोरों की कमाई खाएँगे तो प्यार से दुम हिलाएँगे ही।

जब दरोगाजी ने काफी घूम-फिर लिया, हर चीज को टटोल लिया और उन्हें यकीन हो गया कि लोगों को अच्छे तरीके से बुद्धू बना दिया है तथा अब तक मुख्तार सिंह इलाके से भाग गया होगा तो बोले, ''चोर कोई बड़ा शातिर आदमी था। रपट लिखवा दीजिए, पर चिंता मत कीजिए, बच के जाएगा कहाँ, साला पकड़ा जाएगा, जेल में चक्की पीसेगा, तब अक्ल आएगी, साले चोरी करते हैं।''

खानापूरी करके दरोगाजी बाहर निकले हाथ में दोनों बुलडॉग भी थे, दरोगाजी गाड़ी में बैठे, सबने उनको घेर लिया। दरोगाजी को लगा कि इतनी भीड़ तो नेताजी के आगे-पीछे रहती है। उनको अपना कद थोड़ा और ऊँचा लगा। सबको समझा-बुझाकर गाड़ी में बैठ गए।

मालकिन से बोले, "आप निश्चिंत रहें···चोर बच के जाने नहीं पाएगा। अपने आप को ज्यादा स्मार्ट समझता है। बीच-बीच में मिलते रहिएगा और अगर आपको किसी पर शक जा रहा हो तो जरूर बताइएगा। हमें खोजबीन में मदद मिलेगी।"

दुआ-सलाम करके गाड़ी आगे बढ़ गई।

थाने में गाड़ी पहुँची तो सारे मोबाइल सिपाहियों को उतारकर दरोगाजी ने कहा, "मैं जरा रात में गश्ती कर लूँ। शायद कुछ सुराग लगे। यह केस स्टेशन-डायरी में लिख लो, मैं आकर देख लूँगा।"

"जी सर!"

दरोगाजी ने गाड़ी गली के कोने की तरफ मोड़ दी। भगवान् चल पड़े भक्त के द्वार। मुख्तार सिंह के अड्डे पर सन्नाटा था। दरोगा का दिल धड़का।

"कहाँ गया होगा, साला!"

मन में खयाल आया कि कहीं इतना बड़ा हाथ मार नीयत तो नहीं खराब हो गई। नहीं, ऐसा नहीं होगा। आदमी तो ईमानदार है। चोरी करता है तो क्या, पर ईमान का ठीक है। निगाह में गैरत है। फिर भाग के जाएगा कहाँ। आगे भी तो जरूरत पड़ेगी। पास पहुँचकर मुख्तार सिंह को देखकर उनकी साँस-में-साँस आई। वह खटिया पर बेसुध पड़ा था। लगता है ज्यादा चढ़ा ली थी। वैसे भी धन और मदिरा का नशा होता ही ऐसा है, इनसान की सुध-बुध खत्म करके अपनी ही आगोश में ले लेता है और इनसान बाहरी दुनिया से कट जाता है, रह जाती है पिपासा सिर्फ धन की।

और दरोगा ने भी उसके बगल में पड़ी आधी खाली बोतल गटक ली।

□

11

अपने-बेगाने

सावन का महीना था। मौसम प्रकृति का साथ दे रहा था। ठंडी ठंडी हवा वातावरण को खुशनुमा बना रही थी। रीता का घर शहर के पूर्वी कोने में पड़ता था। शहर की चहल-पहल और कोलाहल से दूर। इधर की तरफ नई कॉलोनी बन रही थी और उसके पति ने हाउसिंग लोन स्कीम के तहत यहाँ अपना छोटा मकान बना लिया था। हर एक का सपना होता है कि इस जिंदगी में वह एक छोटा सा आशियाना बनाए, उसे प्यार से सजाए-सँवारे। शायद पूरी-की-पूरी सृष्टि ही लोगों के घोंसले में आकर सिमट जाती है, जहाँ से एक नए संसार की रचना होती है।

ऐसे ही एक प्यार भरा आशियाँ था—रीता और रमेश का। संसार की प्रथम इकाई परिवार की एक सुदृढ़ नींव, जिस बगिया में खेलते थे—राहुल और रोहित। रीता अपने परिवार और जिंदगी से पूर्णत: संतुष्ट थी। जिंदगी ही संतोष का नाम है।

सहसा पता नहीं, कहाँ से काले भयानक बादलों ने घुमड़-घुमड़कर नीले अंबर को ढक दिया। हाथ को हाथ नहीं सूझता था। राहुल और रोहित बाहर ही खेल रहे थे। दोनों झगड़ा करने लगे। राहुल, रोहित

से दो साल बड़ा था। उम्र में ज्यादा फासला नहीं था, इस कारण दोनों में बराबरी की लड़ाई होती थी। दोनों ही बैटिंग करना चाह रहे थे। तभी राहुल ने रोहित को तड़ाक से एक थप्पड़ मारकर बैट छीन लिया। मैं बड़ा हूँ, मैं पहले बैटिंग करूँगा। रोहित कोने में बैठकर रोने लगा। "क्या लड़कियों की तरह से रोते हो," रीता खिड़की में से चिल्लाकर बोली।

बच्चो अंदर आओ। अँधेरा हो रहा है। अभी तेजी से बारिश आ जाएगी।

"ऐ! अब मान भी जाओ, नहीं तो मम्मी खेलने नहीं देगी। चल अच्छा छह बॉल पहले मैं फेंकता हूँ, फिर छह तू फेंक।"

भाई के मनाने से रोहित मान गया। दोनों मजे से खेलने लगे। तभी राहुल ने कस के एक छक्का मारा, जो काफी ऊपर पेड़ पर लगे एक घोंसले में जाकर लगा। घोंसला टूटकर नीचे गिर गया। साथ में दो नवजात चिड़िया के बच्चे भी नीचे गिर गए और चीं-चीं करने लगे।

दोनों बच्चे घबराकर घोंसले के पास गए। चिड़िया के छोटे-छोटे बच्चे जिंदगी के लिए छटपटाने लगे। रोहित और राहुल उनको छूते हुए डर रहे थे। उन नन्हे प्राणियों की आँख भी नहीं खुली थी।

"रोहित!" राहुल थोड़ा रुका। "अब क्या होगा?" और वे दोनों बच्चों को वापस घोंसले में रखने लगे। नीचे गिरने के कारण घोंसला भी टूट-फूट गया था। एक बच्चा तो गिरने के थोड़ी देर बाद मर गया। दूसरा बाहर ही छटपटा रहा था।

रोहित और राहुल बेहद घबरा गए थे, वैसे भी एक चिड़िया की मौत ने दोनों को दुःखी कर दिया था। सबकुछ वैसा ही छोड़कर वे लोग अंदर आ गए। माँ किसी सहेली से बात कर रही थी।

"अरे चलो न! आज पिक्चर देखने चलते हैं। हॉल में गरमी नहीं रहेगी मजा आएगा। शाहरुख की नई पिक्चर आई है—'चलते-चलते'।"

और दोनों सखियों का पिक्चर जाने का प्रोग्राम बन गया।

"राहुल-रोहित पिक्चर चलना है?"

"नहीं माँ!" दोनों ही इस घटना से बेहद विचलित थे। वे एकांत में रहना चाहते थे। माँ के जाने के बाद दोनों घोंसले को हटाकर पिछवाड़ा साफ कर देना चाहते थे।

"माँ हम लोग अभी आए।"

"कहाँ जा रहे हो?"

"शाश्वत के घर।"

शाश्वत सड़क के उस पार थोड़ी दूर पर रहता था। उम्र में इन लोगों से थोड़ा बड़ा था तो जाहिर सी बात है कि वह उसकी भी मदद लेना चाहते थे।

"सँभाल के सड़क पार करना। बहुत ट्रैफिक रहता है। चाहो तो आशाबाई को ले जाओ।"

"ठीक है माँ!" पर इस समय दोनों ही दुःखी थे। छोटा सा चिड़िया का बच्चा उनको रह-रहकर दुःखी किए जा रहा था।

बिना बाहर का गेट बंद किए वे सड़क पर भाग गए।

तब तक रीता की सहेली सुष्मिता भी आ गई थी। "चल यार देर हो रही है।"

"अरे अभी तो पिक्चर शुरू होने में पूरा आधा घंटा है। ऐसी भी क्या हड़बड़ी है।"

"नहीं!" सुष्मिता बोली। "अब निकल ही रहे हैं तो थोड़ा सा टेलर का भी काम है। निबटाते चलेंगे।" और रीता फटाफट तैयार होकर गाड़ी में सवार हो पिक्चर के लिए निकल पड़ी। अभी दोनों थोड़ा ही आगे बड़े थे कि कुछ लोगों की भीड़ एक जगह एकत्रित थी।

"मेम साहब!" ड्राइवर बोला, "यहाँ तो जाम लगा हुआ है।"

"क्या हुआ है?"

"लगता है कोई दुर्घटना हुई होगी।"

"चलो फिर गाड़ी पीछे की तरफ मोड़कर निकाल लें।" रीता बोली।

"एक बार क्यों नहीं उतरकर देख लें कि क्या हुआ है" सुष्मिता थोड़ी चिंता जताती हुई बोली। "अरे छोड़ो भी···ऐसी दुर्घटनाएँ तो रोज होती ही रहती हैं।" फिर नाहक अपना समय क्यों बरबाद करें। अभी अगर यहाँ रुकेंगे तो पिक्चर नहीं जा पाएँगे। ऐसे भी इतना वक्त बरबाद हो गया है। रीता को अब थोड़ी हड़बड़ाहट हो रही थी। "इतने दिनों के बाद तो हम लोग बाहर जा रहे हैं, उसको भी यों व्यर्थ जाया जाने दें।" और ड्राइवर ने गाड़ी को वापस मोड़ लिया। गाड़ी दुर्घटना की जगह से विपरीत दिशा में दूर भागती गई।

राहुल दर्द से तड़प रहा था। मारुति ने उसको कस के टक्कर मार दी थी और खुद उधर से आ रहे स्कूटर से भिड़ गई थी। मारुति की कार का आगे का शीशा टूटकर चकनाचूर हो गया था और उससे भी अधिक चकनाचूर हो गई थी, वे जिंदगियाँ, जो उस स्कूटर सवार के साथ जुड़ी हुई थी, क्योंकि उस दुपहिए चालक की मौत घटनास्थल पर हो गई थी।

वह बालक भी बुरी तरह जख्मी हो गया था। आनन-फानन में भीड़ इकट्ठी हो गई थी। रह-रहकर उसके कराहने का स्वर भीड़ को दहला देता था।

थोड़ी देर तक भीड़ स्तब्ध खड़ी रही। इतनी भयानक दुर्घटना ने सबको सकते की हालत में डाल दिया था। गाड़ी के आगे उस स्कूटर सवार का खून पथरीली सड़क को भी अपने रंग में रँग रहा था और बेजान सी सड़क भी मानो लहू के जोश में सजीव हो उठी थी। सड़क की खून पिपासा इतने लोगों का खून पीकर शायद अब दुबारा शांत

हो जाना चाहती थी और हुआ भी यही। सड़क फिर निर्जीव हो गई, पर सजीव भीड़ क्रुद्ध।

सब उस मारुतिवाले को गाली दे रहे थे। वह भी बेचारा इस हादसे से स्तब्ध बैठा था। उसके दोनों पैर बुरी तरह से जख्मी हो गए थे।

रोहित एक तरफ बैठकर बेतहाशा रोए जा रहा था। वह सज्जन अपने को सँभालकर उसके पास गए और बोले, "बेटा घर का पता दो," उसने एक कागज में पापा के ऑफिस का फोन नंबर लिखकर उन सज्जन को दे दिया। उन्होंने फोन करके सारा वृत्तांत उसके पिता को बताया और शीघ्र अस्पताल आने के लिए कहा। थोड़ी देर में उसके पिता वहाँ आ गए, पर तब तक बहुत देर हो चुकी थी। मौत ने जिंदगी को परास्त कर दिया था। पिता तो एक तरफ बैठकर रोए जा रहे थे। उन्हें कुछ भी समझ में नहीं आ रहा था। एक सज्जन ने अस्पताल की जरूरी काररवाई पूरी करके लाश को गाड़ी में रखवा दिया। इधर ये लोग घर पहुँचे ही थे कि रीता भी फिल्म पूरी देखकर वापस आ गई थी।

"क्या हुआ?" हड़बड़ाकर उसने पूछा।

"कुछ नहीं, बस आधे घंटे के विलंब ने बच्चे की जान ले ली। कोई अगर इसे थोड़ी देर पहले मदद दे देता तो इसकी जान बच जाती।"

रीता दहाड़ें मारकर राहुल की लाश पर गिर गई।

उधर बादल छँट चुके थे। मौसम थोड़ा साफ हो रहा था। चील-कौवे चिड़िया के बच्चों का गरम गोश्त खाकर जश्न मना रहे थे।

चिड़िया अपने टूटे हुए घोंसले को देख रही थी। वह उसको कुरेदकर अपने बच्चों का निशान पाना चाहती थी।

घोंसले के टूटे तिनके छितरा-छितराकर हवा में उड़ रहे थे। अब

उसका कोई नामोनिशान न था। उसकी उम्मीदों में भी थी नाउम्मीदी की बू। जिंदगी का कुछ भी नामोनिशान बचा न था।

तिनके कुछ यों बिखरे थे चमन में।

जिंदगी जीने का कुछ मकसद भी बाकी बचा न था।

और रीता अपने चमन के उजड़ जाने पर बेहोश हो गई।

□

12

सलाम साक्षरता

आज मुखियाजी ने एक सभा बुलाई थी। उनकी सभाएँ काफी खास होती थीं। अव्वल तो वह काम करते नहीं थे और जो भी गाँव में काम होता था, उसका वह जमकर विरोध करते थे। अत: आज इस तरह पूरे गाँव को बुलाना उनको विस्मित कर रहा था। खैर, प्रजातंत्र में लोग ज्यादा प्रश्न नहीं करते। गाय, बकरी की तरह जिधर भी हाँकें तो हँक जाते हैं, क्योंकि यह एक मजबूत तंत्र होता है, जिसकी बागडोर मस्तिष्कवालों के पास होती है, बेवकूफों के पास नहीं।

तो पूरा गाँव खिंचता चला गया। काकाजी खेत में डंडा घुमा रहे थे और बीच-बीच में गाय हाँक रहे थे। पीछे से कोई ग्रामवासी दौड़ता हुआ आया और आम सभा का निमंत्रण सुनाया। अब जो सभी आम-ओ-आम के लिए हो, उसमें काकाजी कैसे नहीं जाते।

वहाँ मुखियाजी का भाषण चल रहा था। साक्षरता की चर्चाएँ गरमजोशी से हो रही थीं। 'ज्ञान का दीप जलाना है अंधकार मिटाना है', के नारे उच्च स्वर में लगाए जा रहे थे। काकाजी के भी कानों में यह ओजस्वी भाषण पड़ा। उनमें भी जोश उबाल खाने लगा। अभी-अभी सरसों की फसल कटी थी तो जाहिर था कि सरसों का तेल पिराना था। अपने

पड़ोसी को छेड़कर बोले, "भइया कहाँ दीये जलाते हैं। किलो-दो किलो तेल हम भी दान में दे देंगे। वैसे भी दान-धर्म से पुण्य ही मिलेगा।"

काकाजी दान देने के लिए जोश में आने लगे। उनको यही जोश पूरे गाँव के अंदर महसूस हुआ। मुखियाजी एक बस की तरफ इशारा करके बोले, "शहर चलो! बस तुम बैठ चलो।" काकाजी ने बचपन में अपने दादाजी के मुख से 'दिल्ली चलो' का नारा सुना था। इसलिए यह नारा उनको काफी प्रभावित कर गया। फिर बड़ी-सी बस में मुफ्त में शहर घूम आएँगे, इससे बढ़िया और क्या हो सकता है। गयाजी के दर्शन वह भी औने-पौने में, चाँदी-ही-चाँदी। ऐसे भी गाँव में मुखियाजी ढाई आखर पढ़े थे, बाकी तो पूरा ग्राम ही मूर्खों से पटा पड़ा था तो साक्षरता का भूत कुछ ज्यादा ही उन पर सवार हो गया। अगर बस में सवारी करके और शहर घूमकर वह साढ़े तीन अक्षर जान सकते हैं तो फिर क्या रुतबा होगा। पूरे इलाके में वह रुआब गाँठते फिरेंगे। फिर रामायण गीता तो कम-से-कम बाँच ही लेंगे।

लाठी भाँजकर और चूरा गठरी में बाँधकर वह साक्षरता का भूत ले बस में सवार हो गए। जब सर पर भूत सवार होता है तो कुछ नहीं सूझता, वही काकाजी के साथ हुआ। वह भी बस के अंदर बैठकर सवारी करने का लोभ संवरण न कर पाए।

साक्षरता के बैनर लगी गाड़ी खचाखच भरकर सड़कों पर दौड़ने लगी और शहर पहुँचने के पहले तक तमाम चित्र काकाजी की आँखों के सामने से घूम गए। बस शहर पहुँच एक बड़े मैदान में उतर गई। वहाँ भारी-भरकम भीड़ थी। जगह-जगह से बस आकर यहाँ रुक रही थी। काकाजी को महत्त्वपूर्ण होने का अनुभव हुआ। जिस चीज में इतने लोग इकट्ठे हुए हों, वह जरूर बहुमूल्य होगी। वह भी भीड़ का एक हिस्सा बन गए और बड़े-बड़े लोगों का भाषण सुनने लगे। अब तक साक्षरता का भूत काकाजी को पूरी तरह से जकड़ चुका था। उसके भावावेश में

वह क्या, समूचा मंच जकड़ा हुआ था। जिसको देखो आँय बाँय शाँय बोले जा रहा था। काकाजी भी इस अंट-शंट का मतलब निकालने की कोशिश करने लगे, पर कुछ खास पल्ले न पड़ा सिवाय साक्षरता शब्द के। अब उन्हें कुछ-कुछ ज्ञान होने लगा था कि यह शब्द काफी कीमती है। शायद कोई नया मंत्र है, इन पढ़े-लिखे लोगों ने जिसकी खोज की है और उन्होंने भी जाप उच्चारण शुरू कर दिया। वैसे भी वह ठहरे निरक्षर, स्कूल-कॉलेज का खास दर्शन किया न था। एक बार पिताजी काफी दंड पेलकर कान पकड़ते हुए विद्यालय छोड़ आए थे। पर कुछ दिनों के बाद काकाजी के बोध-ज्ञान की प्राप्ति हुई कि वहाँ बच्चे कम भेड़, बकरी ज्यादा चरते थे। तो जब ज्ञान इन जानवरों के सान्निध्य से प्राप्त होना था तो फिर इतनी दूर विद्यालय क्यों जाया जाए! अपनी निरर्थकता के एहसास के बाद उन्होंने छोड़ दिया और बकरियों की फौज खड़ी कर ली।

दोपहर हो चली थी और भूख के साथ-साथ नींद भी आ रही थी। काकाजी ऊँघने लगे थे। सहसा उनको लगा कि कोई उनको मार रहा है और वह चौंककर उठ गए। एक बार कक्षा में ऊँघ रहे थे तो मास्टरजी ने बेंत से पिटाई लगाई थी। वह भय अभी तक था, वह चीखने लगे।

"सर! अब की बार छोड़ दीजिए, आइंदा ज्ञान-प्राप्ति के समय निद्रा को फटकने न देंगे।" बड़ी मुश्किल से उनको उनके ग्रामवासियों ने समझाया कि प्रवचन खत्म हो गया है, अब प्रदर्शनी देखनी है। एक विशाल पंडाल में तरह-तरह के पोस्टर लगे हुए थे। एक-से-एक सुंदर पोस्टर। एक में तो एक लड़की क ख ग पढ़ रही थी। काकाजी गाँववासियों से हँस-हँसकर बोले कि यही सब दिखाना था तो हमारा बिटवा पूरा अलफ जानता है, उसको भेज देते तो वह अव्वल आता। इसी तरह कहीं 'जनसंख्या घटाओ', 'साक्षरता बढ़ाओ' आदि के पोस्टर थे। एक औरत तीन-चार बच्चों को लेकर खड़ी थी। काकाजी बोले हम न कहिन था कि बच्चवा ईश्वर की देन होता है। पर मुखियाजी क्या फैमिलवा प्लानिंग-शलानिंग

पर बोलते रहते हैं। कम बच्चे पैदा करो। अब न हम जाकर उनको बताएँगे कि शहर में बच्चों को बढ़ावा देने का पोस्टर देखकर आए हैं।

तभी मंच पर लोग साक्षरता के नाम पर कुछ विचार-विमर्श करने लगे, उसी में जब बात थोड़ा गरम हो गई तो छन-छनकर नीचे आने लगी। काकाजी ऐंड टीन फंड नामक बहस के गरम होने से दंड के भय से तुरंत बस में सवार हो गए। चलो भाई, इससे पहले कि कोई दंगा फैले भाग चलो। पर काकाजी कि तबीयत गाँव जाते-जाते बिगड़ने लगी थी। साक्षरता का भूत अपने पूरे तांडव पर था। उनको कै-उलटियाँ होने लगीं। लोग उन्हें सीधा गाँव के ओझा के पास ले गए। 'ओझा झाँम-झूम स्वाहा भूत को करो हवा' के मंत्रों का जोर से अंतर्नाद करने लगा। पर शायद काफी प्रयास के बाद भी जब वह सफल न हुआ तो काकाजी को गाँव के स्पेशलिस्ट डॉक्टर के पास ले जाया गया। उसके बोर्ड पर लिखा था—हर मर्ज का इलाज। दुनिया का कोई भी ऐसा रोग नहीं, जिसका इलाज डॉ. अक्षर जानते न हों। अब डॉ. अक्षर का डायग्नोसिस शुरू हुआ, पर जब हजार बार सिर पटकने के बाद भी सफलता हासिल न हुई तो उन्होंने अपने हाथ ऊपर कर दिए। यह तो सार्स से भी भयंकर रोग है। इसका इलाज सिर्फ विलायत में संभव है। अत: काकाजी ने प्राण तज दिए। दूसरे दिन अखबारों की सुर्खियाँ थीं—'साक्षरता दिवस समारोह की अभूतपूर्व सफलता'। जिला प्रशासन अवॉर्ड लिए मुसकरा रहा था।

साक्षरता पर गोष्ठी अब विलायत में होगी। उसके लिए जिले का प्रतिनिधित्व…

एक निरक्षर का साक्षरता दिवस को बलिदान देश को अपूर्व सलाम!

□

13

चोरी

"मारो साले को! चोरी करता है बदमाश। आजकल का जमाना इतना खराब हो गया है, इनसान-इनसान पर विश्वास करे तो कैसे!"

"कलियुग जो आ गया है भाई।"

दुकान के मालिक ने पुलिस को फोन लगाया है, "राम-राम दरोगाजी, कैसे हैं आप?"

"अरे माखनलाल, काफी दिनों के बाद फोन किया, सब खैरियत से तो है न।"

उधर से दरोगा की आवाज आई।

"हाँ दरोगाजी", और माखनलाल खीसें निपोरने लगा, "आपकी दुआ से कुछ बिगड़ कैसे सकता है, पर देखिए न दुकान का ही एक स्टाफ चोरी करता पकड़ा गया। अब आप ही बताइए..."

"बस इतनी सी बात, बस तुरंत पहुँचता हूँ। साले को इतना मारेंगे कि बत्तीसी बाहर आ जाएगी। मेरे रहते इतनी जुर्रत करता है। फोन रखते ही पहुँचता हूँ, घबराइए नहीं।"

माखनलालजी की नुक्कड़ पर किराने की दुकान थी, अच्छी-

खासी दुकान, अच्छा-खासा नाम, ऊपर से बड़े-बड़े आला अफसरों की कृपा। सब ईश्वर की कृपा से ठीक-ठाक चल रहा था। सीजन में गोदाम-पर-गोदाम भर जाते थे और 'लक्ष्मी की कृपा से' सेठानी के नए-नए गहने गढ़ जाते थे। सेठानी भी खुश और सेठ माखनलालजी भी।

दरोगाजी के आने के नाम से ही दुकान में हड़कंप मच गया।

"अरे कल्लू! फटाफट जा और ठंडे-वंडे का इंतजाम कर, दरोगाजी पहुँचने ही वाले हैं।"

"अरे ओ गणेशी! जा भाग के अग्रवाल की दुकान से समोसे और मिठाई ले के आ।"

"सेठ बाहर खड़े लोगों से बतियाये जा रहा था। क्या बताएँ, कैसा वक्त आ गया है। अब तो ईमान जैसी कोई चीज ही नहीं रही," दरोगाजी के लिए नाश्ते की प्लेट साफ कर, "पेप्सी ला, जा जल्दी।"

कल्लू, चौदह वर्ष से कम उम्र का नौकर, भागता हुआ ठंडे की दुकान पर पहुँचा, "पेप्सी देना।"

"कितनी?"

"पाँच-छह से कम क्या लगेगी, दरोगाजी आनेवाले हैं।"

"वाह भाई! माखनलाल की तो बड़े-बड़ों तक पहुँच है, क्यों कल्लू?" आवाज में थोड़ा व्यंग्य, थोड़ी खुशामद थी।

ठंडा बेचनेवाला जानता था कि कल्लू पेप्सी के विज्ञापन एजेंट की तरह उसकी बात माखनलालजी (ग्राहक) तक पहुँचाएगा ही। कल्लू अकड़ता हुआ पेप्सी लेकर अपनी दुकान पर पहुँचा। तब तक मिठाई और समोसे का भी इंतजाम हो चुका था, अब दरोगाजी के पहुँचने की ही देर थी।

इधर बेचारा रमेश, अब तक काफी पिट चुका और दरोगा के आने की खबर से ही रुआँसा हुआ जा रहा था।

बीच-बीच में माखनलाल उसे दो-तीन लातें जड़ देते और वह बार-बार अपनी बेकसूरी सिद्ध करने की कोशिश करता जा रहा था। रमेश बहुत ही ईमानदार और मेहनती था, उसने सेठ को शिकायत का मौका कभी नहीं दिया, उसे इस दुकान पर काम करते हुए करीब दो साल हो गए थे। वह थोड़ा पढ़ा-लिखा भी था, गणित के कामों में भी होशियार था। सेठजी को उसके ऊपर विश्वास था। उन्हीं के गाँव का होने के कारण कभी शक भी नहीं गया।

इस अनचाही चोरी के पूर्व तक वह ईमानदारी से काम भी करता रहा, परंतु विवशता। पुलिस की गाड़ी आकर रुकी, "आइए-आइए! आप ही का इंतजार हो रहा था, दरोगाजी।"

"हाँ! तो सेठजी, कहिए क्या हुआ?"

दरोगा का दिल थोड़ा पसीजा, पर ड्यूटी तो ड्यूटी है। उसमें दिल की नहीं, दिमाग की जरूरत होती है।

"यह अपने यहाँ काम करनेवाला नमकहरामी है साहब, क्या किया जाए। देखिए न गरीब का लड़का है। दया करके नौकरी दे दी कि चलो बच्चा है, जिंदगी बन जाएगी। पर साहब, नौकर का जमाना नहीं रहा। गल्ले से पाँच हजार रुपए चुराते पकड़ा गया है। अब मार पड़ रही है तो कबूल भी नहीं रहा।"

"दरोगा को तो जैसे गुस्सा ही आ गया। उसके सामने कोई चोर बैठकर सीनाजोरी करे, उसकी दरोगागिरी पर लानत है।"

"तड़ाक" एक कठोर हाथ का झटका रमेश को पड़ा, "क्यों रे! बड़ी गरमी आ गई है। सच क्या है बोल दे, नहीं तो थाने में इतनी धुलाई होगी कि नानी-दादी याद आ जाएँगी।"

रमेश की आँखों में भय तो पहले से ही था अब वह आँसू बनकर बह निकला, "साहबजी, गलती हो गई," गला रुँध गया।

अब तो सिसक-सिसककर रोने लगा।

"साहब! मैंने यह जानबूझकर नहीं किया। पैसे की सख्त जरूरत थी। बूढ़ी माँ बीमार है। अगर दवा वक्त पर नहीं मिली तो जान बचाना मुश्किल हो जाएगा। सेठजी से दो-तीन बार मिन्नतें कीं। तनख्वाह से काट लेने की पेशकश भी की, पर वे पसीजे ही नहीं। क्या करता साहबजी। आज घर से चलने से पहले माँ की हालत देखी न गई," और वह फूट-फूटकर रोने लगा।

दरोगा ने जमकर उसकी धुलाई की और जमादार को बोले, "ले चलो साले को जेल में।"

"जी साहब! पर उतनी जहमत उठाने की क्या जरूरत है।" अगर बात से ही बात बन-सँभल जाए तो काहे को परेशान हुआ जाए।

पर शायद साहब लोग थोड़ा मन बनाकर आए थे। खानापूरी से बात नहीं बननेवाली थी। लेकिन सेठ ने भी इस व्यापार में कच्ची गोली का इस्तेमाल नहीं किया था। रमेश के हाथ में हथकड़ी पहनाकर गाड़ी में डाल दिया गया। वह रोया गिड़गिड़ाया, "साहब माँ मर जाएगी। मैं अनाथ हो जाऊँगा। साहब रहम कीजिए।"

दरोगाजी कड़क आवाज में बोले, "देख तुझे आज छोड़ देंगे तो यह गलत संदेश सबको चला जाएगा।"

निकलते वक्त सेठजी से कुशलक्षेम हुई। रमेश के साथ-साथ गाड़ी में अनाज की बोरियाँ और तेल के कंटेनर पीछे डाल दिए गए।

गाड़ी सरपट थाने की ओर दौड़ गई—मुजरिम अनाज और तेल की सौगात के साथ। अभी पहली गाड़ी चौराहे पर भी न पहुँची होगी, सेठजी की दुकान के सामने आकर दूसरी गाड़ी खड़ी हुई। पहली गाड़ी को देखकर सेठजी की बाँछें खिल उठी थीं तो दूसरी को देखकर चेहरे पर मौत आ धमकी। भीड़ अभी छँट भी नहीं पाई थी कि रुक गई, फुसफुसाहट शुरू हो गई।

खाद्य एवं आपूर्ति विभाग के अधिकारी थोड़ा अकड़कर निकले।

उनको पक्की खबर थी कि सेठ का गोदाम माल से भरा हुआ है, जिसको वह अनाज की कमी के वक्त ऊँची कीमत पर निकालेगा। उसके अनाज में मिलावट की खबरें भी सुनने में आई थीं। शिकायत-पत्र सेठ की मेज पर पटक दिया।

थोड़ी खिसयानी हँसी हँसते हुए सेठ बोला, ''साहब झूठी-मूठी खबरें तो फैलती ही रहती हैं।''

''इसीलिए हम मुआयना करने आए हैं। दूध-का-दूध और पानी-का-पानी अभी तुरंत हो जाएगा।''

''तो क्या सेठजी काम में लगा जाए?''

''हाँ साहब!''

''कुछ गड़बड़-शड़बड़ तो नहीं है?''

सेठ ने कच्ची गोलियाँ कहाँ खेली थीं। वह एक-से-एक दिग्गज अफसरों को सँभाल चुका था। उसकी कोठरियाँ ऐसे ही लक्ष्मी से नहीं पटी पड़ी थीं, ''साहब आपको काम करने से किसी ने नहीं रोका, लेकिन हुजूर आप आए हैं तो थोड़ा नाश्ता-पानी तो कर लीजिए गरीब के दरवाजे पर।''

''सेठजी! नाश्ता-पानी के बहाने हमें खरीदना चाहते हो?''

''अरे नहीं-नहीं साहब! खरीद-फरोख्त की तो बात ही नहीं है। अब आप हमारी दुकान में आए हैं तो...''

''अच्छा! चलो जल्दी करो, वक्त नहीं है।''

उनका आदेश मिलते ही जैसे पूरी दुकान में हलचल मच गई। सेठ तो साठा में भी पाठा हो गया, इतनी स्फूर्ति उसके शरीर में कहाँ से आ गई, वह खुद भी समझ नहीं पाया। आनन-फानन में एक-से-एक नाश्ता साहब लोगों के सामने लग गया। सेठ खुद उठ-उठकर सबको नाश्ता परोसने लगा। साहब लोग तो ठहरे साहब, नाश्ता के साथ गुफ्तगू शुरू हुई। इधर-उधर की बातें भी।

तभी सेठजी का एक नौकर दौड़ता हुआ आया। उसने सेठजी के कान में कुछ कहा, वैसे भी इस वक्त उनको किसी और से बात की फुरसत कहाँ थी। उनका सारा ध्यान सिर्फ चापलूसी पर केंद्रित था, कहीं से भी कोई कमी वह छोड़ना नहीं चाहते थे, उनकी प्रतिष्ठा का सवाल था। साहब लोगों का भी रुख थोड़ा-थोड़ा नरम पड़ने लगा था।

''सेठजी गेहूँ-वेहूँ से क्या होता है? इस उम्र में हम लोग खाने लायक कहाँ रह जाते हैं,'' और वह खीसें निपोरने लगा।

''कुछ काम-वाम की बात कीजिए तो बात भी बने, आप आदमी तो समझदार दिखते हैं।''

''अरे साहब! आप निश्चिंत रहिए। वैसे भी आप लोगों के रहते किसी किस्म की गड़बड़ी की आशंका नहीं है।''

अब तक साहब लोगों का रुख देखकर सेठ थोड़ा-थोड़ा निश्चिंत होने लगा था। उसके मन का डर काफी हद तक कम हो गया था। फिर भी जब तक वह रिपोर्ट ठीक-ठाक नहीं लिख देते, तब तक घबराहट कहाँ जानेवाली थी।

वह साहब लोगों के साथ चिपककर चलने लगा, ''साहबजी! नया तेल आया है। गाड़ी में रखवा देते हैं।''

साहब मौन रह गए।

मौन को स्वीकार का लक्षण मानने की कला सेठ जानता था। वह माहिर खिलाड़ी था, इस काम का। इस उम्र तक उसने अनेक साहबों को निपटाया था।

इसी बीच उसका नौकर फिर दौड़ता हुआ आया।

''सेठजी रमेश की माँ की आखिरी साँसें चल रही हैं,'' उसने फुसफुसाकर कहा।

''यही वक्त उसको मरने के लिए मिला था,'' सेठ थोड़ा झिड़ककर बोला। इस वक्त बनता हुआ खेल किसी भी कीमत पर वह बिगाड़ना

नहीं चाहता था, पर अपने नौकरों का विश्वास भी वह खोना नहीं चाहता था। थोड़ा नम्र पड़ता हुआ बोला, "अच्छा जाओ गल्ले से पाँच सौ रुपए लो और डाक्टर को बुला लो।"

नौकर पैसा ले तुरंत दौड़ा गया।

जाँच अधिकारी गेहूँ के बोरे देखने लगे। इससे पहले कि उनकी निगाह चारों ओर जाती सेठ बीच में टपक पड़ा, "साला चोरी करता है, लेकिन हमारा कर्तव्य तो दया है।"

साहब लोग उठने को हुए।

"साहब गाड़ी में सामान डाल दिया है," सेठ ने धीरे से कहा।

"इसकी क्या जरूरत थी, सेठजी। चलो ठीक है।"

साहब लोग हाथ मिलाकर गाड़ी में बैठ गए।

साहब ने अपना पत्ता खोल दिया। सेठ के पक्ष में निर्णय हुआ था।

सेठजी की आँखों में चमक आ गई। इसी मौके का तो उन्हें इंतजार था। वह भला क्यों चूकते। साहब को कोने में ले जाकर अपनत्व से में क्या बात चलती रही, इसकी खबर बाहरवालों को चाहने पर भी नहीं हो रही थी। दोनों जब कमरे से बाहर आए तो सबके चेहरों पर मुसकान थी।

"आइए! निकलते हैं माखनलालजी," जरा रिपोर्ट तो लाओ, साहब ने अपने अधीनस्थ अधिकारी को आदेश दिया। सेठ का नौकर फिर दौड़ता हुआ आया, "साहब उनकी हालत काफी खराब हो गई है।"

"तुम सिर्फ दिमाग ही खाते रहोगे। जब कह दिया कि स्थिति सँभाल लो तो समझ में नहीं आता," कोने में ले जाकर उसको समझाते हुए सेठ बोला।

"सेठजी! रमेश को छुड़वा दीजिए आखिरी वक्त माँ से मिल लेगा।"

''सेठ दया कीजिए।''

''अच्छा ठीक है! साहब लोग जा ही रहे हैं, उनके जाने के बाद उसको छुड़वा देते हैं।''

उन लोगों के जाने के बाद सेठ ने राहत की साँस ली, ''चलो पाँच-दस हजार देकर मामला रफा-दफा हुआ।'' मगर साहब अपना काम पूरा करते तो शर्तिया जेल होती। कुरसी पर बैठकर पसीना पोंछते हुए सेठ सोचने लगा।

''लाओ भाई! कुछ ठंडा-वंडा पड़ा हो तो लेकर आओ।''

''साहब, रमेश···'' नौकर बात पूरी भी न कर पाया था।

''हाँ-हाँ दरोगा से बात कराओ। चोर कहीं का! चोरी करते शर्म भी नहीं आती। पर हम बड़े लोग अपनी दया, मानवता नहीं न भूलेंगे। आखिर इनसान ही तो इनसान के काम आता है।''

वह दरोगा से बात करने लगा।

इसी बीच उसका दूसरा नौकर दौड़ता हुआ आया, ''सेठजी, डॉक्टर साहब।''

''क्या हुआ बोलो।''

''सेठजी, रमेश की माँ''

''हाँ बोल—क्या हुआ''

''सेठजी वह मर गई।''

□

14

घूस

आज का दिन बहुत ही व्यस्त था। ऑफिस में जब-तब उकताहट हो रही थी। भीड़ थी कि छँटने का नाम ही नहीं ले रही थी। वही समस्याएँ, वही आवेदन। हर एक की कुछ समान सी समस्या सुन-सुनकर तो अब संवेदनाएँ भी शून्य होने लगी थीं। पहले-पहल जो दर्द होता था, वह अब खत्म होने लगा था। नीरू को लगा कि शायद वह बेरहम होती जा रही थी या फिर समस्याओं का कोई भी समाधान न ढूँढ़ पाने से उपजी विवशता ने उसको अंदर तक कमजोर कर दिया था। उस कमजोरी को छुपाने के लिए, दर्द को भुलाने के लिए अपने को कड़ा करना इनसान की मजबूरी हो जाती है। यही स्थिति नीरू की भी थी।

चपरासी बोला, ''मैडम एक महिला अपनी बच्ची के साथ आई है। रो-रोकर उसका बुरा हाल है। कह रही है, आपसे एक मिनट मिल लेगी तो सारी समस्या का हल हो जाएगा। हम पूछ-पूछकर परेशान हैं, पर वह बताने से साफ इनकार कर रही है।''

''ठीक है भेजो उसको,'' स्वर में झल्लाहट थी। नीरू को स्वयं की आवाज बेमानी प्रतीत होने लगी थी। घर में बच्चों का ध्यान आ

रहा था। काफी देर उनको छोड़े हुए हो गया था। भोजन का भी वक्त हो रहा था। सब तरफ ध्यान बँटा हुआ था। ऐसे में किसी की भी समस्या की तरफ ध्यान जा पाना गैर-लाजिमी था।

वह अंदर आई। जैसे नीरू ने उम्मीद की थी ठीक उसके विपरीत साफ-सुथरे कपड़ों में एक भोली-भाली लड़की। उसकी माँ भी चाँदी का मोटा-मोटा जेवर पहने हुए थी। पिता पीछे-पीछे कुरते-पायजामे और अँगोछे में थे। देखने-सुनने में गाँव के भले परिवार की लग रहे थे।

उसने अपना दुखड़ा बयान करना शुरू किया—

''मेम सा'ब!'' उसका गला रुँध गया।

''हाँ-हाँ बोलो!'' नीरू की झुँझलाहट बढ़ती जा रही थी।

''मेम सा''ब।'' वह थोड़ी रुकी। अपने को समेटकर शब्दों को भाषा का रूप देने का प्रयास करने लगी।

''मेरी यह बेटी सा'ब''गाँव आ,'' वह फिर रुकी, ''शाम को खेत में गई हुई थी। बकरी के लिए घास काटने साहब। उसी समय गाँव के तीन युवकों ने इसके साथ दुष्कर्म किया।''

इन सब घटनाओं के लिए ही पुलिस विभाग था। ये सब सुनने की तो नीरू को जैसे आदत सी हो गई थी। ज्यादा सोचने की भी जहमत नहीं करनी पड़ती थी।

''पूरी बात ठीक से रखो। लड़की का मामला है।'' नीरू ने थोड़ा सहानुभूतिवश कहा। महिला होने के नाते उसकी तकलीफ के प्रति अपनेपन का एहसास जाग्रत् हुआ। किसी की लड़की, वह भी नाबालिग, सोच के भी नीरू का जी थर्राने लगता था।

''कैसा वक्त आ गया है,'' मन-ही-मन सोचा। ''भगवान् न करे किसी की भी लड़की के साथ ऐसा हो। समाज की कैसी निगाह हो गई है, इन युवकों का पथ-भ्रमित होना मन को थर्रा सा जाता है। कैसे

भावना इतनी कुत्सित हो जाती है? सारे संस्कार, समस्त शिक्षा कहाँ आकर गौण हो जाते हैं?''

नीरू के स्वर में थोड़ा अपनत्व देखकर सामने बैठी महिला के स्वर में विश्वास जगा।

''गाँव के भूखो मुखिया का बेटा है, बिलकुल आवारा। मुखियाजी को नई-नई पोस्ट क्या मिली है साहब कि पूरे गाँव में दबंगई करते-फिरते हैं। बेटा भी बाप के पैसे और पोस्ट के कारण बिगड़ैल हो गया है। पहले से ही बिगड़ा था, आवारा लोगों से दोस्ती-यारी थी, अब तो पिता का वर्चस्व है। पूरे गाँव को अपनी मिल्कियत समझता है।''

वह फिर रुक गई। अविश्वास फिर उसकी बात में आ गया।

''बोलो-बोलो! कोई भी व्यक्ति कानून से ऊपर नहीं है।''

ये शब्द कहने को तो नीरू कह गई, पर अपने शब्दों पर स्वयं ही उसको विश्वास नहीं हो रहा था। कानून सबके लिए एक सा नहीं होता। कानून को बनाना और बिगाड़ना तो बड़े-बड़ों के लिए बाएँ हाथ का खेल था। कोई गरीब को तो सौ रुपए के लिए ही अंदर कर देते थे और कहीं-कहीं तो लाखों रुपयों के लिए भी आदमी फरार रहता था।

उस सामने बैठी महिला की निगाह में व्यंग्य था! उसको देखकर नीरू की भी निगाह नीची हो गई।

अभी परसों ही तो नीरू ने एक लड़के को जेल भेजा था। परचून की दुकान पर काम करता था। गल्ले से सौ रुपए चुराए थे। बदमाश कहीं का। सबने इतना मारा था कि बेहोश होते-होते बचा था। फिर साले को सुधार-गृह में डाल दिया था, सड़ने के लिए। दो-चार साल रहेगा तो सुधर ही जाएगा।

गले के नीचे थूक निगलते हुए नीरू बोली, ''बात पूरी करो।''

''इसीलिए सा'ब मैं आपके पास बहुत उम्मीद से आई हूँ, साहब।''

''हाँ-हाँ बोलो! थाने में रपट लिखवाई?''

''सा'ब गए थे। थाना प्रभारी ने घंटों बैठाकर रखा, फिर बेटी को बुलाया। उसके कपड़े भी मँगवाए साहब जो वह उस समय पहने हुए थी।''

''फिर!''

थाना प्रभारी की कार्य-प्रणाली के प्रति नीरू को थोड़ी सी उत्सुकता जागी।

''फिर क्या सा'ब! थाना प्रभारी ने मुखियाजी को भी बुला लिया था।''

अब उसकी बातों में थोड़ी लाचारी आने लगी थी। आँखों में आँसू भी रह-रहकर आ जाते थे, जिन्हें वह अपने पल्लू से पोंछ लेती थी।

बात आगे बढ़ाते हुए बोली, ''सा'ब, थाना प्रभारी और मुखियाजी की कुछ-कुछ बातें हुईं सा'ब।'' मुखियाजी कुछ खाने-वाने की बात कर रहे थे। थाना प्रभारी और मुखियाजी कुछ समय के लिए अंदर गए। जब बाहर आए तो मुखियाजी के मुँह में पान था और थाना प्रभारी से हँस-हँसकर बातें कर रहे थे। जब जाने लगे तो थाना प्रभारी बोला— ''क्या मुखियाजी! आप भी घबरा गए। इतनी सी बात, अरे हम हैं न। पुरानी दोस्ती किस दिन काम आएगी। आप जाइए, निश्ंचित हो जाइए। बच्चा को बोल दीजिएगा कि कुछ दिन के लिए बम्बे घूम आए। फिलमवा-विलमवा में काम करने का भी शौक हो तो पूरा कर ले।'' चलते-चलते मुखियाजी बेटी के पास आकर बोले''सा'बजी।'' वह हलके-हलके रोने लगी। सिसकियाँ उसके अंदर तक ही दबी जा रही थीं। उसको रोने में डर लग रहा था कि ज्यादा आवाज से रोने पे कहीं उसका टेंटुआ ही न कोई दबा दे।

''क्या बोले?'' नीरू के स्वर में गुस्सा आ रहा था। थाना प्रभारी अपना काम तो ठीक से करते नहीं और मुसीबत उसके लिए खड़ी

कर देते हैं। नीरू का मन किया कि अभी उसको फोन लगाकर सस्पेंड कर दे। फिर उठे हाथ रुक गए। वहाँ का तो थाना प्रभारी बड़े सा'ब का अपना आदमी है। हर महीने सा'ब के खरचे-पानी का इंतजाम वही करता है। पिछली बार मेम सा'ब जब दिल्ली गई थीं तो बच्चों के साथ वही गया था। अच्छे से घुमाया-फिराया था। अपने ऊपर खीझ आने लगी। क्या इसी दिन के लिए नौकरी जॉइन की थी। उसका मन फोन पटकने का करने लगा। कभी-कभी ऐसे वातावरण में दम घुटता था।

किसी दिन तो बच्चू कानून के दायरे में फँसेगा ही, तब देखेंगे। क्रोध और वितृष्णा से नीरू का मन भर गया। सामनेवाले से अपने क्रोध को छुपाते हुए बोली, ''मुखियाजी ने क्या कहा?''

नीरू के स्वर में उपजी खीज वह भाँप गई थी। उसको लगा कि कहीं मैडम को गुस्सा न आ जाए। गरीबी चीज ही ऐसी है। हमेशा अपने आपके आत्मविश्वास को तोड़ देती है, अपना सही व्यवहार भी सामनेवाले के सामने गलत प्रतीत होता है।

अपने को समेटते हुए बोली, ''अपनी लौंड़िया को तो सँभाला नहीं जाता। इधर-उधर मुँह मारती-फिरती है। उसकी जवानी तुमसे छुपी हुई थी क्या? अरे मर्द जात तो होवत ही ऐसे हैं। मन फिसल गया, पर लड़की में तो लाज-शर्म होवत है कि नहीं। पहले तो लड़की सँभाली नहीं जाती, फिर कुछ हो जाता है तो दुनिया भर में ढिंढोरा पीटते फिरो। हमार लड़कवन का क्या बिगड़ेगा! तुम्हार कन्या नाहक ही बदनाम हो जाएगी। जाओ! घर जाओ। कोई अच्छा सा लड़का देखकर हाथ पीले कर दो। कुछ खर्चा-पानी शादी वास्ते चाहिए हो तो बताना! पान खाता हुआ हँसता हुआ सा'ब वह चला गया।''

''सा'ब उसको इतनी सजा दीजिए कि उसकी समस्त पीढ़ियाँ पाप करने के नाम से काँपे।''

मन-ही-मन सोचकर नीरू को अपने ऊपर अफसोस हुआ कि सजा देने वाली वह कौन होती है, उसके हाथ कितने बँधे हुए थे। चाहते हुए भी वह कुछ नहीं कर पाती थी। उसको बचाने के लिए मिनिस्टर का फोन आएगा या बड़ा साहब दो-चार बार खड़खड़ाकर केस रफा-दफा कर देंगे या फिर कोर्ट में कुछ ले-देकर छूट जाएगा।

"तुमने केस किया?" सवाल बड़ा बेमानी था और पूछना ही बेकार था।

"थाना प्रभारी ने करने से साफ इनकार कर दिया। सा'ब बेटी को भद्दी-भद्दी गालियाँ भी दीं और बोला कि कर्मा तुम्हारी बिटिया तो बहुत सुंदर है। कभी-कभी मन बहलाने के लिए भेज दिया करो।"

अब उससे रहा न गया और वह बकायदा फूट-फूटकर रोने लगी। नीरू को अपनी लाचारी पर दया आ रही थी। वह रो सकती थी, पर नीरू नहीं। "चलो देखते हैं कि क्या हो सकता है।"

कड़कड़ाती हुई आवाज में फोन ड्यूटी को उस गाँव के थाना प्रभारी को फोन लगाने के लिए कहा।

"सा'ब थाना प्रभारी लाइन पर हैं।"

नीरू ने थाना प्रभारी से गुस्से में पूरी बातचीत करके उसको आदेश दिया कि उस महिला को वह भेज रही है, उसका अविलंब केस दर्ज करके दो दिन के अंदर रिपोर्ट भेजें।

उस महिला का दर्द थोड़ा कम हुआ। आँसू पोंछकर वह और उसका पति कुछ खुसुर-फुसुर करने लगे।

उसकी बेटी गुमसुम सी इस पूरी बात की गवाही बनी कोने में खड़ी अपनी बरबादी की कहानी सुनती रही।

नीरू ने प्यार से उसको अपने पास बुलाया और सारी स्थिति का उससे जायजा लिया।

चौदह साल की कन्या भोली-भाली भाषा में सबकुछ बयाँ करने

लगी। खौफ अभी तक गया नहीं था। पर भाषा सपाट थी और घटना का जिक्र स्पष्ट।

नीरू उस लड़की से बात ही कर रही थी कि तभी उसने देखा कि उसके पिता अपने कुरते की जेब में टटोल रहे हैं और कुछ सौ-दो-सौ रुपए निकालकर नीरू की मेज पर रख दिए।

अभी तक जो दुःख था और उसके प्रति सहानुभूति वह गुस्से में बदल गई। क्रोध में पूछा—"यह किसलिए?"

वह सकपका गया, "सा'ब बाल-बच्चों के लिए। आपने इतनी जल्दी सब काररवाई कर दी तो बाल-बच्चों का खयाल तो हम भी रखेंगे।"

नीरू का गुस्सा थोड़ा कम हुआ। उस बेचारे का क्या कुसूर! इस देश का सारा तंत्र ऐसे ही काम करता था। जिस जनता की सेवा के लिए यह प्रणाली बनी हुई थी, जमकर उसका उपयोग स्वसेवा के लिए ही होता था।

कुछ हँसकर नीरू बोली, "जानते हो मेरी तनख्वाह कितनी है?" उस आदमी ने धीरे से अपना सिर हिलाया, जैसे उसकी समझ में सबकुछ आ गया हो, वह अपनी पत्नी को एक कोने में ले गया और उसके कान में कुछ कहा। पहले तो पत्नी नहीं मानी, फिर समझाने-बुझाने पर 'हाँ' में सिर हिलाने लगी।

बात को आगे बढ़ाते हुए नीरू बोली, "पंद्रह हजार।" कभी तुमने एक साथ जिंदगी में देखा भी है कि नहीं। पंद्रह हजार में तो कितने सैकड़े होते हैं, एक साथ गिन भी न पाओगे।

दोनों पति-पत्नी ने समझदारी से सिर हिलाया। ऐसा लगा कि पति-पत्नी ने सारी बात समझ ली।

पत्नी धीरे से अपने गहने उतारने लगी। पहले-पहल तो नीरू की समझ में कुछ न आया, पर जब उसने सारे जेवर उतारकर नीरू की

मेज पर रख दिए तो जैसे नीरू को सारा माजरा समझ में आ गया।

उनको लगा कि नीरू उनके काम के लिए उनसे और पैसा माँग रही थी।

''सा'ब हम इतना ही दे सकते हैं, यह बेटी की शादी के लिए बनवाए थे साहब, पर सा'ब उसकी इज्जत से ज्यादा जरूरी नहीं है सा'ब। आपने इतना कुछ किया सा'ब,'' और वह रोने लगी।

उसकी बेचारगी पर नीरू की आँखों में आँसू आ गए। आगे बढ़कर उसको उठाया और बोली—''जाओ? इसकी जरूरत नहीं है, तुम्हारा काम हो जाएगा।'' और बिना पलटे वह अपनी गाड़ी की तरफ बढ़ गई।

शायद नारी आज भी आभूषणों के बोझ तले दबी परदों की ओट में अपनी इज्जत रूपी गहनों को बचा रही थी और दर-दर की ठोकरें खा रही थी।

□□□